Presented by Yuki Hyuga with Hasuno Mizuki

# Memory
―白衣の激情―

CROSS NOVELS

## 日向唯稀
NOVEL:Yuki Hyuga

水貴はすの
ILLUST:Hasuno Mizuki

CROSS NOVELS

# Characters

## 一条《いちじょう》隆也《たかや》

葬儀専門会社・日比谷葬祭の営業マン。若くて美丈夫で、同業からは"黒服王子"と呼ばれている。唯一の肉親である叔父・隆徳を愛している。

## 一条《いちじょう》隆徳《たかのり》

東都勤務の産科医。仕事に対して誠実で、ワイルドな容姿に反して、繊細な内面を秘めている男。兄の忘れ形見・隆也との関係に迷っている。

Characters
登場人物

# Memory
—白衣の激情—

**東都大学医学部付属病院メンバー**

## 黒河《くろかわ》療治《りょうじ》

外科部のエース。「神からは両手を、死神からは両目を預かった男」と異名を取る。疲労度MAXになると（色々な意味で）危険な男。

**【関連作】**
Light・Shadow—白衣の花嫁—
Today—白衣の渇愛—

## 白石《しらいし》朱音《あかね》

医療機器製造販売メーカー・NASCITAの、会長兼相談役。そして、黒河の嫁（？）。現在は、仕事の傍ら、癌再発防止治療を受けている。

**【関連作】**
Light・Shadow—白衣の花嫁—
Today—白衣の渇愛—

## 浅香《あさか》　純《じゅん》

元黒河のオペ看で、現在は外科医を目指して勉強中。医師免許あり。

**【関連作】**
PURE SOUL—白衣の慟哭—

## 和泉《いずみ》真理《まさと》

副院長にして外科医のスペシャリスト。やや曲者。別名：東都の帝王。

# CONTENTS

CROSS NOVELS



CONTENTS

# Memory
## 白衣の激情

Presented by Yuki Hyuga
with Hasuno Mizuki

CROSS NOVELS

# 1

四月も初旬、深夜のことだった。

暦の上ではすっかり春だというのに、この季節の関東は急に寒くなることがある。今夜は雨、場合によっては雪になりそうな冷え込み方に、一条隆也《いちじょうたかや》は何度となく背筋を震わせた。

「失礼します。〝クラブ遊々《ゆうゆう》〟のトモです」

行きがかりで訪れることになったシティホテルの一室に足を踏み入れると、所々に点《とも》る間接照明を頼りに双眸《そうぼう》を凝らした。

徐々に部屋の暗さに目が慣れてくる。入り口ではシングルルームかと思った部屋はツインで、かなりの広さがあるデラックスタイプだとわかった。

『無反応？　そういや相手は泥酔してるって言ってた…っ⁉』

室内に仕切りがないだけで、スイートクラスと変わらない。隆也はリビングゾーンを突っ切り、ゆっくりと奥へ向かった。

すると、二つ並んだベッドの片側に横たわる男を目にして足が止まった。

思わず固唾《かたず》を呑む。

『もしかして、隆徳《たかのり》兄ちゃん…？』

一瞬にして、ここへ来るまでに凍えきっていた身体《からだ》や心が熱くなった。鼓動ははち切れんばかりに高鳴り、隆也はまるで日射病にでもかかったように軽い目眩《めまい》を覚える。

『そうだ。ずいぶんやつれた気がするけど…、隆徳兄ちゃんだ』

酔い潰れてベッドにいたのは、それほど想像もしていなかった男だった。

二度と会わないと決めてなお、片時も忘れていない。むしろ忘れなければと意識すればするほど思いばかりが募った唯一の肉親。そこにいたのは間違いなく隆也の叔父、幼い頃から今もって意中の相手でもある父の弟、一条隆徳だったのだ。

『これは神様の悪戯《いたずら》か、それとも悪魔の誘惑か』

隆也は動揺する自分を落ち着かせようと、何度かその場で深呼吸をした。

そして、今にもしゃがみ込んでしまいそうだった自身を奮い立たせて歩き出し、まずは手にした荷物とコートを手前のベッドに置いた。スーツの上着を脱ぎ、ネクタイを外し、身軽になったところで恐る恐る隣のベッドへ近づいていく。

「隆徳…兄ちゃん？」

今年で隆也は二十六歳。幼い頃からの習慣とはいえ、どこか不自然な呼び方だ。

『隆徳兄ちゃん』

しかし、懐かしいばかりの呼びかけは、声に出しただけで胸がジンとした。

二度目は感極まって声にならない、隆也にとってはそれほどの感動だ。

『――――…っ』

これだけのことでも目頭が熱くなってくる。

どうして何年もの間、まともに顔を合わせることもなく過ごしてこられたのだろうか？

こうなると不思議なぐらいだ。

『あーあ。また辛《つら》い目に遭ったんだろうな。どんなに仕事であっても割り切れない、何年経《た》っても慣れることがない。そんな、辛いことが…』

隆也はベッドの角に腰をかけ、一条の顔を覗《のぞ》き込んでみた。

泥酔していた一条は、かなり呼吸を荒くしていた。ほんのり目尻《めじり》も赤く腫《は》らしている。

いったい何時間前から酒を飲み、こうして崩れて嘆いていたのかはわからない。

だが、一条は隆也が側《そば》に寄ってもまったく反応しない状態だった。いっそ眠りに就いてしまえば楽なのだろうが、それさえできずに酔いと睡魔の間を行ったり来たりしている。

昔も今も変わらない、端正な横顔が時折苦痛で歪《ゆが》む。

『でも、そんな隆徳兄ちゃんが俺は好きだよ。やっぱり好きだ。ずっと、好きなままだ』

隆也は、一条が多忙さから生やしただろう顎《あご》の無精髭《ひげ》に手を伸ばすと、指先にチクンと刺さった感触から、これが夢ではないことを実感した。

ただ、どんなに身体や心が高揚したところで、指先までは血の気が回らなかったのだろう。冷えた指の腹で触れられたせいか、一条はピクリと身体を震わせた。

「んんっ…っ？」

ようやく側に人がいることにも気がついて、かなりだるそうな顔つきだったが、相手を確認しようとしてきた。

「っ⁉」

「大丈夫。楽にしていていいよ」

隆也は一条が薄目を開けたところで、顔を見せないように抱きついた。

「今夜はずっと側にいる。朝までずっと一緒にいるから、安心して」

薄暗い照明の中、酔った一条に自分の正体が知られるとは思えなかったが、それでも万が一を危惧《きぐ》して、隆也は一条の首筋に顔を伏せたのだ。

「んん…っ。お前〝遊々〟の奴か？」

そうして冷えた手のひらで、一条の瞼《まぶた》をそっと閉じた。

首筋から外耳にかけてキスをし、欲情を誘うように啄《ついば》んでいく。

「そう。〝遊々〟のトモ。だから安心して任せていいよ」

まるで幼子か子猫でもあやすように、隆也は甘く優しく囁《ささや》いた。

「今だけでもいい。今夜だけでもいい。辛いことは忘れて、俺で楽しんで」

こんなに淫《みだ》らで艶《なま》めかしい声や台詞《せりふ》は聞かせたことがない。これだけでも一条が隆也を〝自分の知る隆也〟だと気づくことはないし、想像さえしないだろう。

そうでなくとも隆也が最後に一条と会ったのは八年も前、進学か就職かで揉《も》めた高校三年生のときだ。まだまだ隆也が喜怒哀楽に任せて言葉を発していたような、子供らしさが残る年頃だっただけに、これで一条は隆也を〝トモ〟という男だと思い込めたはずだ。

「ね…」

「っ、んんっ」

しかも、ときの流れは少年を青年に、そして一人の男へと変えていた。

どちらかといえば年より幼く見られることが多かった隆也も、今では年相応になっていた。それも艶《つや》やかで眩《まばゆ》いばかりの美貌《びぼう》を持った大人の男だ。

『隆徳兄ちゃん…っ』

あらゆる状況を考えて、隆也はこの場なら〝ごまかしきれるだろう〟と確信した。

これなら一条に自分の正体を知られることなく、思いを遂げられる。たとえ朝までのわずかないっときであっても愛し合うことができる。隆也はそう信じ、彼の形のいい唇を奪いにいった。

『兄ちゃん…っ』

これが罪なら、罰はすべて自分が受ける。

明日地獄に堕《お》ちても構わない。

たとえこのまま死んでも悔いはない。

そう心の中で叫び続けて、隆也は欲情し始めた肉体を絡ませていった。

『俺は、あなたが好きだ。やっぱり、愛してる――』

あとは一刻も早く一条からも自分を求めてほしい。そう祈りながら、一枚、また一枚と衣類を落として、冷えた素肌を合わせていった。

＊＊＊

こんなことになるとは考えもしていなかった二時間前、一条隆也は社会に出てから自然と出入りするようになった新宿歌舞伎町《しんじゅくかぶきちょう》二丁目にある店にいた。

オールドファッションが似合うその店はカウンターが十五席、フロアが三十席程度だが落ち着きのある大人向けのショットバーとして評判だ。そんな店に夜、隆也がやってきたのは、凍えた身体や心を温めるためだった。いつものようにカウンターの真ん中に腰をかけ、顔馴染《なじ》みの常連客たちとグラスを傾けることで、気を紛らわしたいことがあったのだ。

「――――は⁉　ふられただと⁉」

「え、どうして隆也さんがふられるの。相手から熱烈に告白してきたんじゃなかったの？」

「そうだよ。それにまだ半年ぐらいだろう？　青山《あおやま》で開業医やってるハンサムガイに口説かれて付き合い始めたのって。それなのに…」

話が進むうちに、周りの常連客たちがこぞって声を上げ、身を乗り出した。

隆也が漏らした話に、揃《そろ》いも揃って飛びついてきたのだ。

「いつものパターンだよ。俺には忘れられない相手がいるから無理、一番には愛せないからやめておけって言ったのにさ。二番でいいから付き合ってくれ、一番大事な相手が心の中にいても構わないって言ったくせに。いざ付き合ってみたら〝やっぱり耐えられない。今からでもいい、俺を一番に愛してほしい〟って。だから〝無理〟って言ったら〝別れる〟って」

おかげでふて腐れてぼやく隆也の左右後方は、男性客たちでいっぱいだ。前には四十代のマスターと若いアルバイトのバーテンダーが並んで立ち、まさに八方塞《ふさ》がりだ。

「別に物理的に浮気したわけでもなんでもないのに、これってひどくない？　それにこっちは最初から〝やめておけ〟って言ったのに、結局これだもん。勝手もいいところだろう？」

何も春先からふられなくてもいいのに、これでは心も身体も真冬に逆戻りだ。相手も相手だ、こんな話を切り出すならせめて季節ぐらい気にしてほしいと言いたかった。

今が一月、二月なら諦《あきら》めもつくが、四月にもなってこの寒さはやりきれない。

隆也は、「何が楽しくて心ばかりか身体まで寒い思いをしなければならないのか」と愚痴り、普段は選ぶことのない強めの酒をロックで呷《あお》った。すでに三杯目に口をつけている。

それでも、ここに来るまでに冷えすぎたのか、なかなか身体が温まらない。いまだに酔った兆《きざ》しさえ表れなくて苛立《いらだ》ちは増すばかりだ。

「そら確かに。相手の気持ちもわからないではないけど、勝手は勝手だよな」

すっかり肩を落とした隆也に、溜息《ためいき》をついたのはマスターだった。

少しでも元気を出せと言わんばかりに、酒に合うチーズの盛り合わせを出してくれる。

「は⁉　何を言ってるんだよ、マスター。この場合、相手の気持ちなんてどうでもいいだろう。だってこれって、相手の驕《おご》りだよ？　付き合いさえすれば思い出の中にいるだけの男なんか払拭《ふっしょく》できる、自分が隆也にとっての一番の男になれるって決め打ちしてるから、当てが外れたみたいなことになったんだろうしさ」

しかし、隆也の右隣に座っていた男は、不満そうに声を上げた。年の頃は隆也と同じぐらいの美丈夫なサラリーマンだが、正義感の強そうな目をしている。

「そうですよ。甘いっちゃ甘いんです。だって包み隠さず〝忘れられない男がいる〟って言いきってるあたりで、もっと用心していいはずなのに。それこそ身代わりでも構わないって気持ちで付き合わなかったら、続かないパターンですよ」

「本当、本当。そんな理由で隆也をふるなんて、何様だよな。俺なら身代わりでも十番目の男でも構わないっていうのに。隆也といいことできるなら、タダでＯＫ」

左隣に座っていた二人も続けざまに声を上げた。一人は二十歳《はたち》になったばかりの大学生で小柄な青年。そしてもう一人は、口調が軽くて軟派なわりにはすでに三十を超えている近所のクラブホストだ。今夜は非番なのだろう、私服姿で飲んでいた。

「それは無理ですね。そもそも隆也さんはお金や身体目当ての男となんか、たとえ何番目だろうが付き合わないですから。ね、隆也さん」

ホストの言い分が気に入らないのか、大学生が眉《まゆ》をつり上げた。

「そうでもないんだけど」

「え⁉」

「別に俺、身体目当てでもいいんだけど。一人で耽《ふけ》る趣味ないし。さすがに金を払ってまでセックスする趣味もないけどさ」

「ええっ⁉　そんな、身も蓋《ふた》もない」

いつになく投げやりな隆也の言葉に、今度は大学生の眉がハの字になる。

年より若く見えるベビーフェイスがコロコロと変わるのを見ながら、隆也の口角が少し上がった。他愛もないことで一喜一憂する彼を見ていたら、怒っているのが馬鹿馬鹿しくなってきたのかもしれない。

「だって本当だし。ただ、どういうわけか付き合ってみるとややこしいことになるんだよ。こっちは二番目でもいいって言われたあたりで、遊び半分かと思ってるのに」

ふられて腹が立つということは、それなりに大事な相手になっていたということだ。

それは自分でも理解できる。なのに、隆也は最後まで彼に対して
「一番好きだ」「誰より愛してる」とは言えなかった。嘘《うそ》も方便だと知っていながら、この嘘だけはいまだにつけない。他でどんなに口から出任せや嘘がつけても、たった一つの真実だけは曲げられないのだ。我ながら困ったものだ——とは感じているが。

「え⁉　じゃ、何マジ⁉　俺が付き合ってって言ったら、OKしてくれるのかよ」

「ああ、いいよ。ただし十番目でもいいんだよな。ってことは、二番目の奴が三番目以降とは許さないって言ったら、それっきりになるんだけど、それでもいいか？　俺、そこは義理堅いから優先順位は厳守するぞ」

隆也はここぞとばかりに口説いてくるホストにも笑顔で答えた。

「——それって、結局は身体目当てお断りじゃん？」

「だから無理だって言ったじゃないですか。隆也さんは何を言ったところで、真面目《まじめ》なんですよ。あなたみたいな軽率な人とは付き合わないんですっ‼」

隆也とホストの間で話を聞かされた大学生が、鬼の首でも取ったような顔をしている。

「なんだと」

「まあまあ」

無駄に揉めそうな二人をバーテンダーが止めた。

「ようは、隆也のやっかいなところは二番目であっても誠心誠意尽くすし、それに見合うだけの男をちゃんと選別して付き合ってるところなんだよ。だから二番目男も付き合ううちに、あれこれと考えさせられるんだ。二番目でもこんなに愛されるのに、この上一番ってどんなだって。しかも、ある日突然一番目が現れたら自分は捨てられるんだよなってとこまで考えたら、いても立ってもいられないだろうしな」

「確かに。それじゃ、ややこしいことになるしかないのか」

話が一巡してマスターに戻ると、最初に不満を口にしたサラリーマンも妙に納得してしまう。

「――そう。だから言ったんだよ。相手の気持ちもわからないではないって」

「ちょっと待ってよ、マスター。それじゃあ結局、俺が悪いの？　正直に答えただけなのに、俺のせい!?」

さすがマスターと周りも納得するが、隆也にしてみればこの展開は不本意だ。手にしたグラスをカウンターの向こうに突きつけて問う。

「そういう意味じゃないよ。しいて言うなら、どちらが悪いわけじゃない。恋なんてものは、ついても離れても縁ってものだよ。それだけのことさ」

それで片付けられたくはないが、隆也はグラスを引っこめた。

「縁…、ね」

どちらが悪いわけじゃない。ならば悪いのは、いまだに自分の心を摑《つか》んで離さない一条のせいにでもしておこうか？

実らないとわかっているから執着するのか、もしかしてという期待がどこかにあるから執着するのか。それとも単に忘れたくない、覚えていたいから初恋の相手として胸の奥にしまい続けてしまうのか、これぱかりは理由を探したところで見つからない。

隆也が一条を好きだから――それ以外ないのだ。

『血縁ってやつならあるんだけどな』

隆也は三杯目のグラスの残りを一気に呷ると、せめてこの場だけでも気持ちを切り替えたくて四杯目のロックを頼んだ。

琥珀《こはく》色の酒で満たしたグラスを差し出すバーテンダーが、「これは俺からの奢《おご》り」と目で合図してくる。それを両隣で見ていたサラリーマンと大学生は、目配せをしながら「この分だと、次の恋人という名の犠牲者が出るのは早そうだ」とわかり合った。

そうでなくとも隆也がフリーになったと知れたとたんに、店の中が妙に活気づいていた。人の不幸は蜜《みつ》の味というわけではないが、これをチャンス到来と握り拳《こぶし》をつくる者は山ほどいそうだ。たった今、マスターがこぼした苦言を自分のこととして捉える者は一人もいない。

誰もがグラスを片手に溜息を漏らす隆也に熱い視線を送っている。

そうでなくとも華のある男に、失恋の憂いは禁物だ。どこか寂しげな眼差《まなざ》しが、本人の意識とは関係なく、周りの男たちを惹《ひ》きつけてやまない。

「────っ、隆也」

と、意を決したのだろう。フロアの席から一人の男が立ち上がった。

「誰か～っ。今夜フリーの奴いねぇ⁉」

しかし、それはたった今店へと飛び込んできた青年の声にかき消されて、隆也の耳には届かなかった。

「どした⁉　トモ」

「俺が貰《もら》うバイト代の倍払うから、出張の代行してくれませんか⁉　人がいなくて超苦手な客層ふられたんだけど…。どう頑張っても無理そうで。行ったらアレルギー反応どころか、ひきつけ起こしそう」

コケティッシュな美貌の青年・トモは、出張ホストで学費を稼ぐ苦学生だった。

いつもなら笑顔しか見せないのだが、今夜は泣きつくようにして、声をかけてくれたサラリーマンがいるカウンター席へ駆け寄ってくる。

「────あ、そのお客さんって、もしかして酔っぱらいかお医者さんでしょう」

「え？　酔っぱらいか医者⁉　むちゃくちゃ美味《おい》しいじゃん。そのまま放置で金取れるか、もしくは本気で口説いてお付き合い。なんで、駄目なんだよ」

トモもまた店の常連なのだろう。話を聞くと、すぐに大学生とホストが反応した。

「酔っぱらいも医者も大嫌いなのに、よりにもよって〝酔っぱらった医者〟が相手なんて死んじゃうよ。何を隠そう、俺の親父はアルコール依存症でドメスティックバイオレンスだったんだけど、ことあるごとにボコボコにされた俺を治療しながら悪戯してきやがったのが、保健室の先生だったんだ。おかげで酔っぱらいと医者はトラウマ。それがセットで来るなんて、想像しただけでも心臓マヒ起こしそうなんだよ」

ここぞとばかりに愚痴るが、その内容には誰もが唖然《あぜん》としてしまう。

「それは最悪だね」

「確かにな。そう言われたらエリートほど壊れると始末に悪いし。美味しいとは言い難いか」

エリートに偏見はないが、実際相手にしたとき面倒な奴が多かった。そう語ったホストに同意してか、周りも苦笑いだ。が、そんな中にあって隆也だけが違った。

「じゃあ、俺が代わってやるよ。俺、〝酔っぱらった医者〟って、けっこう好物だから」

「た、隆也さん」

「正気か⁉」

「え⁉　嘘。だって隆也さんには彼氏いるじゃないですか。それも白衣の開業医‼　青山の一等地に土地付き一戸建ての年収三千万でしょう⁉」

思いがけない申し出に、周りどころか話を持ってきた本人まで驚きを隠せずにいる。

「さっき別れたばっかりだから、気にしなくていいよ。それに、金を貰って酔っぱらいの面倒見たりセックスする趣味はないから、ただでいいし。都合よくて嬉しいだろう」

「っ、でも…。隆也さんに出張ホストの代行なんてさせられな――――っ⁉」

「誰か」とは言ったが、初めから隆也にとは思っていない。

そもそも恋人がいてもいなくてもそれは同じだ。

だが、トモは最後までそれを言えないまま、隆也に口を塞がれた。

「医者だって人間なんだよ。酔わなきゃやってられないこともあるんだ」

そんなこと言わないでと諭すように、隆也が目で訴えたのだ。

「隆也さん？」

「そりゃ、お前に悪戯したっていう保健医は最低最悪だけどな。でも、俺は仕事柄もあって、努力の甲斐《かい》もなく打ちのめされている医者と会うことも多いから、それなりに心中察するところもあるわけさ」

このとき隆也の脳裏には、肩を落とした白衣姿の医師たちが無数に浮かんでいた。仕事柄と言ったのは、彼の勤め先が都内でも五指に入る葬儀会社だからだ。

「あ、そうか。だから隆也は医者にばっかり告白されて、挙げ句にふられる羽目になるのか。付き合い始めた、別れたって聞くたびに、相手は医者だもんな」

精神的にも大人と呼べる男たちばかりが集う店だけに、隆也が言わんとすることはすぐに理解された。

「そう言われたらそうかもな。ま、仕事関係で行くと、交際範囲も狭まるから」

少し茶化して話を逸《そ》らしたのは、きっと隆也がこの場の空気を重くしたかったわけではない。

ただ、気持ちはわかるがそう悪くは言わないでほしい、できることなら立場を変えて考えてみてほしいという思いを汲《く》み取り、それをこの場にふさわしい会話で表してくれたからだ。

「で、本当に行くのかよ」

「ああ。場所教えて」

「でもっ」

「いいから」

それでもトモは、場所や詳細を伝えるのを最後まで躊躇《ためら》っていた。これは自分が医者嫌いだからというよりは、日頃の隆也の性格や人柄からは考えられない行動だからだ。

「了解。フロントでお前の名前を言えば、部屋の鍵が貰えるんだな」

「――やっぱり、俺が行きます」

「心配するなって。よっぽど問題ありそうなら、逃げるから大丈夫だよ。でも、会員登録の審査が厳しい〝遊々〟の客なら、身元も保証されてるし平気だと思うけどね」

「隆也さん…」

それほど隆也はトモから見て、綺麗《きれい》な存在だった。

たとえ年に何度恋人が替わろうとも、そうでない相手や、遊びで誰かと関係を持ったなどとは聞いたことがない。ましてや代行とはいえ〝仕事〟としてなんて――。

トモは自分がこんな話を持ち込んだせいでと、かえって肩を落としてしまったのだ。

「駄目だ。止《と》めよう。やっぱり連れ戻そう」

「大丈夫だよ、トモ。何を言ったところで、隆也は気持ちの入らないセックスなんかできるタイプじゃないから。それこそ〝そういうことになった〟ときには、酔っぱらった医者に一目惚《ぼ》れ。そのままお付き合いになるだけだ」

しかし、隆也を追いかけようとしたところで、トモはサラリーマンに止められた。

「でも、相手が商売だと思って襲ってきたら…」

「それも平気だって。隆也はああ見えて、空手も柔道も段持ちだから。みんなもよーく覚えといたほうがいいぞ。同意もなく襲ったら、間違いなく足腰立たなくされるから。ちなみに俺、過去に全治一週間の目に遭った。以来、お友達の一線が超えられません」

思いがけない暴露話に、店内中が大騒ぎになる。

「お前、ネコじゃなかったのかよ⁉　タチだったのかよ‼」

「てっきり属性〝受け身〟だと思ってたのにぃ〜っ」

ただし、そっちか‼　という内容の驚きではあったし、「え…」と顔を引きつらせたサラリーマンの複雑極まりない心境など、すでに店を出てしまった隆也の知るところではなかったが。


そうして隆也は何かに導かれるようにして、夜の街を飛び出した。

『隆徳兄ちゃん…』

行き着いたシティホテルの一室で、偶然とはいえ最愛の男と再会を果たした。

『逃げるどころか、今夜の偶然に大感謝だな。こういうのも縁って言うのかな?』

感極まって合わせた男の肌は、隆也の冷えた身体とは対照的でとても熱く火照《ほて》っていた。

「んん…っ。気持ちがいいな、お前」

互いに一糸纏《まと》わぬ姿で絡み合う。

本当なら「冷たい」と弾かれても仕方のない体温差はあったが、酔った一条はよほど熱くて寝苦しかったのだろう。意識は朦朧《もうろう》としていたが、体感にはとても正直だった。

「しかもこんな酔っぱらい相手に、親切だな…。トモは」

今の自分にとって隆也が心地よい存在だとわかると、くだを巻くようなしゃべり方ではあったが、投げ出されていた両腕にも力を入れてくれた。

自分じゃない誰かの名前で呼ばれるのは口惜しいが、それでもこのひとときを守るためなら容易《たやす》いことだ。一晩だけ〝遊々のトモ〟として振る舞うことは十分可能だ。

『本当、正体不明なぐらいでちょうどいいよ。おかげで俺は、こうして隆徳兄ちゃんと…』

抱きしめる一方だった身体を抱き返されて、それだけで隆也は涙がこぼれそうになった。

「なんか、いい。お前、たまらねぇ…」

キスを求められて、自然に唇を合わせた。

『兄ちゃん…』

嬉《うれ》しくて嬉しくてたまらない。もっと、もっと自分を求めてほしいという気持ちから、隆也は息も絶え絶えになるほど舌を絡ませる。

「んんっ。っ…んっ」

どんなに忘れたことのない存在であっても、実際温《ぬく》もりまでは覚えていられない。

自分が成長してしまった分、体格差もはっきりとはわからなくなっていたし、肌に触れたときの感触など皆無に等しかった。

隆也にわかることがあるとすれば、それは恋人に抱かれるたびに〝彼とは違う〟と感じること。はっきりとは思い出せないのに、何かが違う。そう悦《よろこ》びの中で気づくたびに、深く落胆するとぐらいだ。

『消毒液の匂い。こんなに泥酔してても、かすかに匂う』

それでも隆也は力強く抱き合い口づけるうちに、自分の身体と記憶に刻まれた彼のすべてを思い出した。懐かしささえ感じて、心酔していく。

「トモ…」

「ぁぁ、っんっ」

唯一記憶にも経験にもない感触、初めての体感をあげるなら、それは彼が生やしている無精髭によるものだったが、これは逆にときの流れを実感させた。

八年も会っていなければ、多少の変化があっても当然だ。むしろそのことは隆也にとって、この奇跡的な偶然が夢やまやかしではない証《あかし》のように感じられた。

「んんっ」

隆也は、彼の髭が肌や唇をこするたびに身を捩《よじ》った。これは嫌悪からではない。ただくすぐったくて、チクチクと痛くて、身体が勝手に反応してしまっただけだ。

「ひゃっ」

しかも、酔いながらもすっかり主導権を握った一条に組み敷かれると、隆也は身をずらした彼に突然脚を開かれた。隠す間もなく陰部に顔を埋められて、全身を駆け巡った言いようのない感覚に、いっそう大きく身を捩る。

「なんだ…。どうした。いやじゃないだろう?」

膨らみ始めた隆也の欲望に、一条は躊躇いもなく唇を這《は》わせ、そして舌を絡め始めた。

「それともこんな酔っぱらいからの奉仕はいやか…?」

酒の勢いからか、それともこれが素なのか、一条のセックスは昔も今も荒々しかった。まるで肉食獣が獲物を貪《むさぼ》るように、隆也の肉欲を貪っていく。

最初のときにも感じたが、こうされるうちに隆也は彼に呑み込まれていき、圧倒的な支配力に屈するのではなく、耽溺《たんでき》させられてしまう。

「そのわりには感じてるよな? 今にもやらしい汁が溢《あふ》れそうになってる。いい身体だ」

今もそれは同じだった。クスクスと笑い、一条の声や愛撫はどんどんいやらしくなっていくのに、それがいやだとは感じない。どうしてか官能の世界に堕とされ、酔わされていくのだ。

「んん…。馬鹿っ」

隆也は、つい先ほどまで寒さで震えていたことが嘘のように、どこもかしこも沸騰しそうなほど熱くなっていた。

恥ずかしさと心地よさ、そして同じほどの興奮と罪悪感が身体の芯《しん》から湧《わ》き起こって、どうしていいのかわからない。一条が相手でなければ、きっともっと罵《ののし》っている。「馬鹿」ではすまず、「変態」ぐらいは言っているかもしれないことなのに――――。

「ぁぁっ…っっっ」

次に何を口にしていいのかもわからないうちに、隆也は一条に責められるまま絶頂へと上り詰めた。下肢からゴクリと飲み込む音が聞こえて、頭の中が真っ白になる。

「俺も、いいか？」

力の抜けた下肢の窄《すぼ》みを弄《いじ》られ、隆也はコクリとうなずいた。

すると、一条は隆也の身体を返して白い腰を掴み上げてくる。

「っ⁉」

獣のように四つん這いの姿勢を取らされて、怯《おび》える窄みにキスをされた。

「あ、ぁっ」

緊張からか、堅く閉じた窄みを開こうと舌と指が交互に入れられる。

「いじめ甲斐のある尻《しり》だな」

「ゃっっ――――っ‼」

丹念に、それでいて的確に捉えた前立腺《ぜんりつせん》をこすられて、隆也はたまらず声を上げた。

今達したばかりだというのに、膨れて起き上がった欲望からはまた白濁が滴《したた》っている。

「あっ、も、ゃっ…むっっ」

下肢から全身に向けてしびれが走る。

それでも一条は念には念を入れているのか、中に入れたままの指で隆也の急所を責め続けた。

上体が崩れ、下肢が崩れそうになってもそれは繰り返されて、とうとう隆也は声を上げた。

「いい…、もう、いいから入れて。早く、来てっ」

「なんだ、もういいのかよ。こんな酔っぱらいに、ずいぶんサービスがいいな。今夜は大当たりか?」

一条は指を引き抜くと、ようやく漲《みなぎ》る自身を押し当ててきた。

「あぁ…んっ。そう思ってくれたら、嬉しい」

これまでとは比べものにならない大きな異物に貫かれ、隆也は火照った顔を枕《まくら》に埋めた。

「っんんっ」

ゆっくりと、そして奥深く抽挿《ちゆうそう》を繰り返す肉欲に身を委《ゆだ》ねる。

次第に隆也の下肢は揺れ蠢《うごめ》いて、吐息は弾むように漏れ始めた。

「…トモっ。やっぱり、前を向け」

その様子に気をよくしたのか、一条は隆也の肩を掴んできた。

すると朧《おぼろ》げだった隆也の意識が、一瞬にしてクリアになった。

『まずい』

ここで一夜が終わってしまうのはいやだ。せめて朝まで過ごしたい。

隆也はそんな思いから身を捩り、同時に一条の首に両腕を絡ませた。

「――――温かい。さっきまで凍えていたのが嘘みたい」

彼の肩に顔を伏せ、きつく、そして力いっぱい抱きつくことで、このひとときが少しでも長く続くように願ったのだ。

「俺もだ。俺も、なんだかいい感じだ」

そんな隆也の正体に気づかないまま、一条は力いっぱい抱きしめ返してくれた。

泥酔からは脱出できても、酔いそのものからは逃れられなかったのだろう。制御することのできない欲望をむき出しにして、いっそう激しく抽挿を繰り返してきた。

「トモっ。トモ――――っ」

「んんっ、ぁっっっっ!!」

熱い白濁を打ちつけてもなお二度、三度と抱き直し、悦楽の底へと堕ちていった。

抱けば抱くほど悦びの声を上げる隆也の刹那《せつな》なる思いに気づくこともなく、隆也自身にも気づくことがないままに――――。

2

カーテンの隙間《すきま》から差し込む朝日に瞼を揺らしたのは、一条が先だった。

『…んっ。朝か、早いな』

傍らに他人の温もりがあるのがすぐにわかった。浴びるほど飲んだはずの酒もすっかり抜けていて、不思議なぐらい目覚めがよい。

『なんか、昨夜は無茶苦茶やった気がする。こりゃチップを弾まないと申し訳ないな』

どんなに泥酔したところで、その場しのぎでしかないことはわかっていた。

一夜限りの愉悦に身を任せるのと同じで、酔いから覚めれば待っているのは現実だ。

仕事が、勤め先が、何より患者が産科医である一条を待っていて、彼はそれらに対して常に真摯《しん し》に向かわなければならない。

たとえ尊い命が目の前で尽き果てようとも、本当ならこれから人生を歩き出すはずの未知なる命が失われようとも、悲嘆して泣いてばかりはいられない。それが医師という職業だ。

だから一条は、昨夜のようなことがあっても、目覚めたときには気持ちを切り替えることを常としていた。金で買った快楽に罪悪感がないと言えば嘘になるが、それでも新たな気持ちで職場に向かうためにも、「昨夜はありがとう。世話になったな」と笑って、ホストを部屋から見送るつもりだった。

『確か、トモって言ったっけ？　酔っぱらいの扱いに慣れてたっぽいし…。もしかしてかなりの売れっ子でも送り込まれたのか？　どんなにいい思いしたって、常連客になれる時間がないんだから、適当に寄《よ》こしてくれればいいって、いつも言ってるのに』

情を移す気がないので、二度と会うつもりはない。

次に利用するときは「前と被《かぶ》らない相手なら誰でもいい」とクラブ側に伝えるだけ。支払いそのものもクラブ経由で口座から引き落とされるので、この場でやりとりがあるとすれば個人的に振る舞う車代程度だ。

ただ、昨夜はいつになく長々と絡んだ気がして、一条はそれなりに上乗せして払おうと決めた。

「おい、ちょっといいか？」

背中に身を寄せて眠っていたホストを起こそうとして、身を捩る。

「んっ」

「っ!!」

しかし、まだ眠そうな相手の顔を覗き込んだ瞬間、一条の中で何か弾けた。

健康的な肌に綺麗な寝顔。長い睫《まつげ》に形のいい唇。見覚えがないほど美しく、そして艶やかに成長はしているが、このスッと曲がりなく通った鼻筋に右目の泣きボクロは間違いない。

「たっ、たっ…隆也っ!!　どうしてお前がここにいる!?」

確信したと同時に、一条は声を荒らげた。

いまだ夢の中にいただろう隆也の肩を摑むと、力いっぱい揺さぶり起こした。

「何、何!?」

「何じゃねぇ」

強引に起こされ、隆也は眠い目をこすりながら瞼を開いた。しばらくはきょとんとしたまま一条を見ていたが、彼が蒼白《そうはく》になっているのに気づくと、はっとしたように口走った。

「あ――寝過ごした」

「寝過ごしたじゃねぇよ。なんで…。どうしてお前がこんなところに、しかもそんなカッコでいるんだよ」

一条はすぐに、隆也がすべてを承知の上で昨夜はベッドを共にしたことを理解した。

自分は情けないぐらい泥酔しており相手の顔さえ確かめずに、またその必要さえ感じないままセックスに及んだが、隆也のほうはそうではない。客として現れた男が一条であることをわかっていて、行為に及んだ。拒むこともなければ逃げることもない。それどころか、口にするのも恥ずかしいぐらい絡みに絡んで、幾度となく絶頂を共にしたのだ。

「そんな、聞かなくたってわかるだろう。今時なら小学生だって暗黙の了解にするって」

もちろん「寝過ごした」と口にしたということは、一条に気づかれる前に部屋から出るつもりだったのだろう。昨夜にしたって正体が知られないよう気を配っていたのも、今ならわかる。

「って、ことは何か。俺はお前と昨夜…っ」

「そ。また酔っぱらった勢いでやっちゃったんだよ。二度目の過ちってやつ。俺的には懐かしかったけどね。ありがとう、どうもごちそうさまでしたって感じで」

しかし、先に起きて消えることができなかった隆也は、起きて一分もしないうちに開き直っていた。差し込む朝日を浴びながら、きらきらとした笑顔で一条を罪悪感のどん底まで突き落とす。

「なんだと」

「抑えて抑えて。今更何言ったって始まらないし」

一条の記憶に残る幼少の頃から、確かに隆也はちゃっかりしたところがあって、小悪魔系の美少年だった。三つ子の魂百までとはよく言ったもので、持って生まれた性格や性質はそうそう変わることがないのだろうが、それにしたって今にも心臓が口から飛び出しそうになっている一条に反し、隆也は「まあまあ」と宥《なだ》めてくる余裕さえある。鉄の心臓だ。

「なんならもう一戦やる？」

この場で一条を堂々と誘い、しなやかな両腕まで絡ませてきて――――。

「三度目の正直ってことで、俺も一度ぐらいは素面《しらふ》の叔父貴に抱かれてみたいしさ」

甘えて強請《ねだ》るように顔を近づけ、唇を寄せてくる。

『隆也』

一瞬、ほんの一瞬だけ「触れてみたい」と一条の心が騒いだ。

だが、芽生えた欲望とも好奇心とも取れる感情を封じるために、一条は唇を嚙《か》み締めた。

「ばっ、馬鹿を言えっ!!　俺とお前は叔父と甥《おい》だぞ。正真正銘血の繋《つな》がった…、ぁぁぁっ」

密着している肌と肌を離すべく、隆也の腕を振り解いて、自分のほうから身を引いた。

「それ以前に男同士だって。禁を犯すのに一つも二つも変わらないよ。それより先にどうにかしようぜ、この髭面。これはこれで悪くはないけど、せっかくの男前がもったいない。しかもチクチクして痛かったし。ほら、このへんなんかこすれて赤くなって…」

するると、隆也が布団から身を乗り出して追ってくる。

「見せるなっ!! なんてふしだらなっ」

惜しげもなく見せられた隆也の首筋や胸元、脇腹《わきばら》には愛撫とは異なる痕《あと》がうっすらと残っていた。ただのキスマークなら「俺じゃない」ぐらいの抵抗もできるだろうが、これでは誰が何をしたのか一目瞭然《りようぜん》だ。そもそも見せられなくても何をしたかぐらいは、自分のことだけにわかっている。どうせ、やりたい放題やったのだ。一条は自分の酒癖の悪さが性欲に直結していることを自覚していた。飲まなくたってどうかと思うのに、泥酔していたとなったら言葉もないのだ。

「ふしだらな奴に、ふしだらとは言われたくない。だいたい誰が教えたんだよ、こんなふしだらなこと。俺は一人で覚えたわけじゃないぞ、十年前に誰かさんが…んぐ!!」

今でも十分追い詰められているのに、一条は過去の過ちまで引っ張り出されて、とうとう隆也の口を塞ごうと手を伸ばした。

「わかった。わかったからそれ以上は言うな。どうせ全部俺が悪いんだよ。何が悪いかなんて言えないほど、全部まとめて俺が悪いのはわかってるんだから!!」

しっかりと柔らかな唇を塞ぎながらも、自虐に走る。

「よりにもよって、大事な兄貴の忘れ形見にこんな——こんな、ぁぁぁ」

だからあれほど〝口〟より〝酒〟のほうが災いのもとだと、自分に言い聞かせてきたのに。

十年前に、今朝とまったく同じ状態で目を覚まし、二度と酒は飲むまいと禁酒をしたこともいっときはあったのに、この有様だ。

一条は、押さえた口から手を離すとそのままベッドに突っ伏した。瞼の裏に死んだ隆也の父を思い浮かべているのだろうが、それにしたって昨夜の強気なセックスからは想像がつかない姿だ。

隆也は大げさなぐらい後悔している一条の姿に、唇を尖《とが》らせる。

「別にいいじゃん、愛してるんだから」

「っ⁉」

伏せた一条の肩に身を寄せ、切なげに囁いた。

「叔父貴はどうだか知らないけど、俺は世界で一番好きな隆徳兄ちゃんとこうなったことに、後悔も反省もしたことない。最初のときだって、一億円の宝くじが当たるより嬉しいことだった。昨夜だって、残りの人生の運を全部使いきったなってぐらい嬉しかった」

隆也は今朝も十年前と違わないことを口にした。

当時に比べればずいぶん感情を抑えて話すようになったが、その分内に秘めた激情を感じさせた。

これが許されない関係なのだとしても、一条のことが愛《いと》おしくて仕方がない。この気持ちをどうすることもできないと訴え、そっと頰《ほお》を寄せてきた。

「それこそ地獄に堕ちても構わない、今日死んでも構わない。そう思うぐらいにね」

しかし、これには一条も黙っていられなかった。

「――ふざけるな。何が今日死んでもだ。ものの例えにしたって、そんなこと言うな。医者の前で不謹慎な」

身を寄せる隆也の肩を摑むと視線を向けて、湧き起こる怒りを真っ向からぶつけた。

「やだな。医者の前でだから言うんじゃないか。こんなの命の重さもわからない男に向かって言ったって、なんの口説き文句にもならないって」

それでも隆也はクスクスと笑って、一条を受け流した。

「隆也」

「それに、死んでも構わないほど愛されたい相手なんて、俺には後にも先にも隆徳兄ちゃんしかいないしね」

まるで、どれほど自分が本気なのかを示すように、嘘のない澄んだ瞳で告白し続ける。

「ま、兄ちゃんって感じじゃないか。これじゃあおっさん、いいとこ叔父貴か」

しなやかな指先が一条の顎髭を小突いた。

しばらく会わないうちに隆也は、一条が知る頃とは別人のようになっていた。

「なんにしたって、俺も二十六だよ。何をしたところで責任は自分で取れる。変に凹《へこ》んで余計な罪悪感に駆られるのは勘弁してくれ」

改めて言われなくとも、最後に会ってから八年が過ぎていた。

一条には隆也が未成年だった頃の記憶しかないのだから、変わっていても当然だ。場合によっては純真無垢《むく》な彼をこんなふうに変えてしまったのは一条自身だ。

隆也は八年のうちに、いや一条が罪を犯してから十年のうちにすっかり変わってしまった。いつも自分を見上げて甘えていた幼さは、見る影もない。同じように見上げてきても、それは欲情に満ちた上目遣い、誘発的なもので、甘えの意味さえ違っている。

「それでもどうしてもっていうなら、せいぜい正体不明になるほど泥酔した自分のことだけにして。俺は昨夜、最高にハッピーだった。偶然とはいえ叔父貴に会えて、もう二度とないと思っていたセックスもできて、死にそうなほど凍えていた身体と心が温まったんだから、言うことないんだよ」

言いたいことだけを言い終えると、隆也は視線を逸らして身を引いた。

何を言ったところで一条の気持ちが変わることがない、隆也に対しての思いが変わることがないと判断したのだろうが、背中を向けると一人でベッドから抜け出していく。

「――――、ちょっと待て。だからってお前、いつからこんなことを商売にしてるんだ⁉　よりにもよって出張ホストなんて、どういうつもりだ。たった一人の忘れ形見が毎晩男に身を売ってるなんて、死んだ兄貴になんて言えばいいのかわからねぇだろう‼」

引き留めるにしては、陳腐な言い草だった。

一条とて、本当はこんなことが言いたいわけじゃない。それは自分でもわかっている。

「お客で現れた叔父貴が何言ってるの」

「隆也‼」

誠意のない、勝手違いな台詞に返ってくるのは、こんな答えだ。隆也を苦笑させただけだ。

「それに、そこまで死んだ親父に申し訳が立たないって言うなら、今すぐに俺を家に連れ帰ってよ。昔みたいに叔父貴の手元に置いて、仲よく一緒に暮らして。ただし、叔父と甥の関係じゃなく恋人として」

それでも隆也は最後の最後まで一条に求愛し続ける。

「っ‼」

「叔父貴が俺のこと一人の人間として本気で愛してくれるなら、なんでも言うこと聞くよ。俺、恋人には従順だし、精一杯尽くすほうだから」

心の底から一緒にいたい、片時だって離れたくない、こんなことになるならいっそ幼いままで時間が止まってしまえばよかった。それならずっと一緒にいられたのに。

たとえ叔父と甥のままであっても誰に遠慮することなく、また誰の目を気にすることなく一緒にいられたし毎晩だって隣で眠ることが許されたのに。

まるでそう言わんばかりに一条を見つめ、そしてその後は落胆からか再び目を逸らした。

「でも、それができないなら放っておいて。俺は、叔父貴をただの叔父や肉親とは思えない。会えば全部が欲しくなる。叔父貴の心も身体も…欲望も、何もかも全部が欲しくなるから、それを与えられないなら半端に絡まないでくれ」

今も昔も目の前の者が、大切な者であることに間違いはない。

最愛の者だと言っても過言ではないと、それは一条も確信している。

ただ、どれほど相手を思ってみても、二人の間には大きな隔たりがあった。どうしても同じくすることができない理性や信念の違いがあった。これが双方同じにならない限り、二人は同じ道を歩けない。決して手に手を取って、共に歩くことはかなわない。

「俺が何をしていたところで関係ない。たとえ毎晩男を取っ替え引っ替えしたとしても、俺を愛せない叔父貴にだけは、口出しされたくない」

一条が隆也からこんな台詞を言われるのは、これが三度目だった。

一度目は最初に過ちを犯した十年前。そして二度目は、それから二年が経った八年前の進路相談のときだ。

「――――」

「シャワー、借りるね」

隆也は十年経っても同じことを言い続け、そして三度一条の前から去っていく。

『隆也』

いっそ自分が気持ちを変えればいいのだろうか?

隆也が言うように共に奈落《ならく》の果てでも地獄の底へでも堕ちればいいのだろうか?

一条は悩み、ベッドの上で頭を抱えた。

〝お父さんっ。死なないで…っ。死んだらいやだよ、お父さん!!〟

〝頼む…。隆徳…っ。どうか隆也を…。隆也を…幸せに〟

〝兄貴っ〟

〝お父さん!!〟

しかし一条には、隆也とのことを考えるより先に、自然と頭に浮かぶ記憶があった。

〝隆也、大丈夫か？　俺が帰ってくるまで、留守番できるか⁉〟

〝大丈夫だよ、隆徳兄ちゃん。学校から帰ったら、ちゃんと一人でお留守番するよ。でもその代わり、帰ってきたら一緒に寝てね。絶対にだよ〟

〝わかった。風呂も一緒に入ろうな〟

〝うん〟

忘れることのできない日々、兄との約束、叔父と甥として育《はぐく》んできた二人の時間だ。

これらは一条が何をしても守りたい、必ず守ると誓った事柄で、特に他界した兄との約束だけはという一念は、どれほど時間が経っても揺らぐことがない。

兄が望んだ〝隆也の幸せ〟が、一条にはどうしても世間に認められることのない愛や関係だとは思えなくて。やはり自分が隆也の側にはいないことが彼の幸せを守る、また本当の幸せを得るための良法だと考えて、一条はこの場で隆也を追うことはしなかった。

その後もベッドから下りることもせずに、シャワーを終えて部屋を出て行く隆也を見送ることにした。

「じゃ、また縁があったらね。あ、でも過労死した叔父貴の喪主として…なんて再会だけはいやだからさ。患者が大事なのはわかるけど、自分も生身の人間だってことを忘れんなよ」

隆也は上質なスーツにトレンチコートを羽織って、このまま出勤できてしまいそうな姿で一条に別れの挨拶《あいさつ》をしてきた。

「たとえ生まれてすぐに消えてしまう命があったとしても、それはそれで一つの運命だ。叔父貴がどう足掻《あが》いたところで、どうにもならない宿命を背負っている場合だってある」

同じ過ちを繰り返しただけに、昨夜のいきさつにも察しがついているのだろうが、それとなく説教じみたことも言ってくる。

「だから、全部自分のせいだなんて思って、酒にばっかり走るなよ。医者は神様じゃない。どうにもならない命があったとしても、それはそれで自然の摂理だ。死に慣れすぎて感情をなくされるのもどうかと思うけど、自分を責めていじめたところで翌日の仕事に差し支えるだけだ。次の患者に全力で向かえなくなるだけだからさ」

そうして最後は、「頼むから、親父たちの分まで長生きしてくれよ」と笑って背を向けた。

寝室ゾーンからリビングゾーンを抜け、隆也は自分の揺るぎない思いだけをこの場に残して去っていったのだ。

「わかったふうな口利きやがって」

言葉の節々に名残《なごり》惜しさを滲《にじ》ませてはいたが、隆也の言動に迷いは感じられなかった。

それが大人になってから得た強さなのか、それとも子供の頃から手放すことなく持ち続けてきたものなのか、一条には判断がつかない。

隆也は一条が手をかけ甘やかしたし、甘え上手でもあった。だがその反面、我慢するところは我慢ができるという子でもあった。そういう意味ではオン・オフの切り替えがよく、子供の頃からけじめを守ることに長《た》けていたからだ。

「足掻いたところでどうにもならないことがあることぐらい、百も承知だよ」

誰に聞かせるわけでもないのに、一条は声を出してぼやいた。

起こしていた身体を倒して、再びベッドに沈ませた。

「医者は神じゃない。どこまでもちっぽけな人間だ。俺だって寿命が尽きれば死ぬだけだ。お前の父親と一緒で、俺だって〝そのとき〟が来れば召されるだけだ――」

人が何を思ったところで、時間は止まることなく進んでいく。

放っておいても、すぐに出勤の時間になる。いったん白衣を着込めば、一条は患者とこれから生まれてくる命のことしか考えない。きっと隆也のことで悩むことも、しばらくないだろう。

「けど、だからこそ逃げたくなるときだってあるんだよ。酒に溺れて、何もわからない世界に堕ちたくなることだって…」

一条は、ベッドサイドに置かれたテーブルの時計を横目で確認すると、せめて時間の許す限り隆也のことで悩んでいようと決めた。

「それなのに、どうしてお前は俺が堕ちた先にこうも現れるんだよ。昨夜にしても、十年前の夜にしても。どうしてなんだよ」

一度ならず二度までも犯した罪、これを感じなくなったらおしまいだ。自分の理性がマヒしてしまう。そんな気がして、一条は隆也のように〝愛欲に忠実になって生きる〟という選択はできなかった。

いまだに隆也はどうしてそんなことができるんだ、自分を憎み恨むことなくいられるんだと不思議に思い、胸を痛めながら――――。

＊＊＊

そもそも昨夜一条が荒れ狂った原因は、隆也が察したとおり職場にあった。

〝血圧70、脈拍160。白血球数、CRP共に高値継続〟

〝黒河《くろかわ》先生。CTが来ました〟

〝よし、と…⁉　浅香《あさか》、産科に連絡。一条先生を呼んでもらってくれ〟

〝はい〟

国内でも屈指の大学病院、母校の付属病院でもある東都《とうと》大学医学部付属病院の産科に転勤してきてから一週間目、一条は年に何度もないような重体患者を診《み》ることになったのだ。

〝どうした⁉　黒河〟

〝あ、一条。これ、緊急搬送されてきた患者の数値と今撮ったCTだ。診てもらえるか〟

〝ああ…、っ⁉〟

患者は三十代半ばの女性で藤邑仁実《ふじむらひとみ》、妊娠二十二週目。結婚十二年目にしてようやく授かった子供だったが、不調を訴えて近医産院にて受診をすると、そこで切迫流産と診断された。

その場では対応ができずに、すぐさま近くの個人総合病院へ転送された。そして入院の翌日には子宮内胎児死亡となってしまったがために、経腟分娩《けいちつぶんべん》を行うことになった。

それだけでも仁実の負担はそうとうなものだっただろうに、悲劇はこれだけにとどまらなかった。経膣分娩の際に担当医が胎児と胎盤に異臭を認め、多量の凝血塊まで排出したのだ。

しかも、分娩後収縮期血圧の低下によって、仁実はショック状態に陥った。そのため、さらに設備の整った公営の総合病院へ緊急搬送されたのだが、そこで一命は取り留めるも血液検査で新たに症状が悪化していることが判明した。

仁実はＤＩＣ（播種性血管内凝固症候群《はしゅせいけっかんないぎょうこしょうこうぐん》、本来出血のあった箇所のみで生じるべき血液凝固反応が、全身の血管内で無秩序に起こる症候群）の合併症まで引き起こしており、そこで治療に当たるも快気には至らず。一週間後には再び容態が急変したことで、東都に運ばれてきたのだ。

〝どうだ？　俺は開腹がいると思うんだが…〟

〝ああ。十中八九、お前の診たとおりだ。すでに患者の骨盤内で壊死《えし》が広がってると思う。これから使える部屋はあるか？　開くなら早いほうがいいんだが…〟

〝そうか。あ、浅香⁉〟

〝今、室長に確認を取ってます。――――、はい、はい。黒河先生、これから第三オペ室が使えるようになるそうですが、押さえますか？〟

〝よし、押さえてくれ。ってことで、一条…〟

〝いいよ。これからすぐなら時間が取れる。俺がやる。誰か、家族に説明するから案内してもらえるか〟

〝はい。一条先生〟

そして、仁実を受け入れた救急救命部から呼ばれた一条は、その場で開腹術執行を決断した。手術によって仁実の骨盤内全体に壊死箇所を確認したことで、子宮と付属器部分切除、摘出するに至ったが、その甲斐あって彼女自身は救われた。

たった十日足らずの間に子供を失い、また二度と子供を授かれない身体になってはしまったが、術後は嘘のように安定し、合併症の兆しもなく回復に向かっている。

〝お疲れ様でした。一条先生〟

〝くそったれがっ‼〟

〝え⁉〟

〝あ、すまん。悪い…。ちょっと…、疲れただけだ〟

ただ、それでも一条はやるせなくて仕方がなかった。

オペが終わると同時に悪態をつき、目についたゴミ箱を蹴《け》ってスタッフたちを困惑させた。

〝一条先生…〟

どんなに患者の命が最優先だとわかっていても、女性が生まれ持った性の証をこの手で取り除くこと、患部と一緒に一つの可能性、生まれたかもしれない命、未来をも奪うことになるだけに、〝この選択〟だけはしたくないのが一条だった。そのため、これを避ける方法はないものかと日夜模索し続けているのだが、それでも他に選択の余地がないときは訪れる。

そしてそのときが、昨日は訪れてしまったのだ。

〝子宮…全摘出か〟

もちろん、これればかりは自分が気を荒立てても仕方がないことだった。

少なくとも仁実もその家族も一条の診断に理解を示し、また手術の内容にも納得していた。

この十日間、わけもわからず悪化していく仁実の容態に胸を痛め、ときには死神の姿さえ見たかもしれない夫の藤邑は、「妻が助かるだけでいい」と泣き崩れたぐらいだ。

しかし、だからこそ一条はこの結果には不満があったし、悔恨の念もこみ上げていた。

〝何が緊急搬送だ。遅いって。発症から十日だぞ、十日。二百四十時間もあって、いったい何してたんだよ、各院の担当医は〟

仁実が不調を訴えてから東都に運ばれてくるまでの〝時間の長さ〟に対しては、悲憤しかこみ上げてこなかった。

患者の症状が悪化するたびに転院を重ねるケースは、稀《まれ》なことではない。

特にここまで日増しに悪化したとなっては、誰もが「致し方がない」と言うかもしれない。

だが、それを承知の上で一条は、最初の一軒目が近医産院、二軒目がそこから転送された個人の総合病院だったことは仕方がないにしても、なぜ三軒目を選択する段階で東都か同等の医大に運べなかったのかと、憤る気持ちを抑えることができなかった。

なぜなら仁実と共に回されてきたカルテの写しを見たときに、一条はこの転送が患者の容態以前に〝担当医同士の縁故〟を頼ったものだということが、見覚えのある医師の名を見てすぐにわかったのだ。

何せ二軒目の個人総合病院は、つい最近まで自分が勤めていた病院だったから――。

〝あの、ぼんくら医者どもが!! ぬるい仕事しやがって〟

当然、任せたほうからしてみれば、信頼がある相手だから選んだ。これは確かだった。ただ、それ以上に適切な病院や医師を検討することはできただろうし、たとえ縁や繋がりがないところであっても、受け入れ要請の電話一本ぐらいはできるだろう。

場合によっては辞めたとはいえ、一条が東都に移ったことぐらいは風の噂《うわさ》で耳にしていただろうから、直接にでも連絡をくれれば、また違ったはずだ。三軒目の段階で、仁実が東都に来ることだって不可能ではなかったのだ。

そして、これに関しては三軒目の病院の医師にしても、同様のことが言えた。

〝ショック症状からＤＩＣだぞ。いったん改善したにも拘《かか》わらず、患者が回復してこないところで、普通はその先を疑うだろう⁉ 過去に同じような症例があるんだからよ!!〟

できる限りの治療をした。それにも拘わらず、なかなか快方に向かわない。

そんな仁実の容態をもっと疑うならば、より知識や経験のある同業者に相談するか、もしくはもっと検査設備の整った医大へ早めに移すかを検討、実行すればいいだけなのだ。

今回の場合は特にそうだ。たとえ何日かでも壊死の発見が早ければ、ここまで広範囲にはなっていなかったかもしれない。子宮の全摘出だけは逃れられたかもしれない。そしてそのことは、たとえわずかな希望であっても、仁実自身に将来的に子供を授かるという可能性が残ったかもしれないということなのだ。

それなのに、三軒目の担当医は自分が手に負えない状態になるまで患者を手放すことをしなかった。そこに悪気がないのはわかる。おそらく他意もまったくないだろう。

　これはこれで、誠心誠意診た結果なのだ。こんな事態になることまで想像しなかっただけで、実際こういった症例が過去にあることを知らずにいたか思い出せなかっただけで、その医師は確かに自分ができる限りのことはした。患者の変化に対して貪欲なまでに疑うこと、そしてすでに自分では判断のつかない状態になっていたことに気づき、それを素直に認めるということを除けば!!

〝――――ったく、これだから視野の狭い奴、変な思い込みだけが強い奴は使えねぇって言うんだよ。そりゃ「わからない」の一言で患者を右から左へほいほい移せるほど、世の中便利にはできてない。どうしても縁故が物を言う習慣が直らないのは、今の時代になってなお、病院同士のネットワーク不足と漠然とした専門医の不足によるものだ。それは、わかってる〟

　そんな背景がカルテから読み取れたから、一条は全力を尽くしながらも、結果に満足ができなかった。

〝けど、だからって、状況に甘んじて自分にできることの限界を狭めてどうするよ!?　忙しさに流されるまま、考えられる可能性や範囲まで狭めてどうするんだよ!!〟

　どんなに患者が快方に向かったのを確認しても、行き場のない無念さばかりがこみ上げて、それをどうにかしたくて深酒に走った。

〝本当。これが先進国医療の現実かと思うと、泣くに泣けないぜ。患者個人に生まれながらの運があるのは仕方がないにせよ、その運の善《よ》し悪《あ》しが受診の善し悪し、医者の当たり外れで決められかねないなんて世も末だ〟

そしてその結果に何が起こってしまったかは言うまでもないが――――、それでも一条はどうにか気持ちを切り替え、ホテルから現在の自宅である病院の独身寮へ戻った。

着替えだけをすませて出勤し、それ以後は隆也のことを思い出す暇もなく、持ち場から院内の事務所へ激怒して駆け込むことになった。

「馬っ鹿野郎っ!! なんなんだよ、あのベッド移動は。気が利かないのも大概にしろ。ちょっと考えれば、流産した上に子宮を全摘した患者を出産直後の母親たちがいる大部屋に入れるなんて、ありえねぇってわかんだろう!! 何年部屋割りしてんだよ、このぼんくらっ!!」

内線ですませたり、事務員を呼び出すことをせず、あえて一条が出向いた理由はこれだった。自分がいない間に集中治療室から一般病棟へ移った仁実に対して、事務側の配慮のなさに烈火のごとく怒ったのだ。

「ぼっ、ぼんくらって…。失礼ですが、一条先生の言わんとすることはわかりますが、これでもこっちは全力を尽くしてベッドの確保をしたんですよ。本当なら受け入れ自体不可能だった急患を受け入れたんですから、これぐらいのことは仕方ないでしょう!!」

しかし、突然怒鳴り込まれたにも拘わらず、対応した事務員も負けてはいなかった。

一見今にも泣き出すかと思われるようなソフトな印象の青年だったが、どうしてどうして。力いっぱい机を叩《たた》くと、その場で立ち上がって声を荒らげたのだ。

「それに、空きができればすぐにでも部屋を変えますけど、今はそこしかないんですよ。こっちだって、いっときでいいから他科に回せないか手を尽くしたんです。でも、満室でどうすることもできなくて…。ぶっちゃけ、もとの病院にも問い合わせて、戻すことができないか相談したんです。でも、それは旦那《だんな》さんがいやだって。多少の不都合はあってもいいからここに置いて、安心して治療を続けたいって言うんだから仕方がないでしょう。その代わりに、いつでも心療内科や精神科の受診ができるように根回しはしておきましたが、これでも何か文句がありますか!!」

「っっっ」

怒鳴ることはあっても、滅多に怒鳴られることなどない立場と風貌《ふうぼう》を持つ一条だけに、これには驚いて固まった。自分が体格負けしそうな大男に吠《ほ》えられても萎縮《いしゅく》することはないだろうが、例えるならスピッツにでもまくし立てられるような展開に、かえって二の句が継げなくなったのだ。すっかり戦意喪失だ。

「まあああまあ、抑えて抑えて。可愛い顔が台なしだぞ。ん?」

すると、どこから話を聞きつけてきたのか、二人の間に外科医・黒河療治《りょうじ》が割って入ってきた。首を傾《かし》げながらも知的で端正なマスク、そしてセクシーな眼差しを駆使して事務員を堕としにかかっている。が、こんな彼は東都医大のエースにして、日本《にほん》医学界の重鎮も認める凄腕《すごうで》の外科医だ。同業者たちからも「神からは両手を、死神からは両目を預かった男」とまで言われる稀代《きだい》の天才であり、一条とは同じ大学の同期だ。

「黒河先生、でも」

「一条先生だって、もう十分納得したって。だから、こうして黙ってるだろう。ほら、甘いものでも食って、落ち着いて。食べかけで悪いがこれやるから、な♡」

「はい…。わかりました」

呆然《ぼうぜん》とやりとりを見るしかなかった一条からすれば〝天才的なタラシ〟としか思えないが、事務員は貰った板チョコを両手で抱えて瞬殺されたあとだ。

口説くのには男も女も関係ないのが、今も昔もこの男の困ったところだ。

「一条先生も了解いただけましたよね」

その場を落ち着かせると、黒河は一条の背筋が凍るような〝よそ行きの笑顔〟で言ってきた。

「ああ。すまない、悪かった。本当に申し訳ない」

一条は顔を引きつらせながらも黒河に会釈、そして事務員にもきちんと頭を下げて謝罪する。

「いえ、わかっていただければいいんです。それに、藤邑さんの部屋のほうは、なるべく早い段階で移動できるようにこちらも努力します。なので、もう少しだけお時間をください」

事務員は手にしたチョコレートを机に置くと、快く返事をしてくれた。それどころか一条のほうに頭も下げて、理解を求めてきた。

「――――、ありがとう。よろしく頼むな」

一条は、狐につままれたような表情も見せたが、最後は心から笑ってその場を去れた。

少しはにかんだ顔が新たに事務員の心を揺さぶっていたが、そんなことにも気づかず黒河と共に事務室を離れる。

そして、

「すまなかったな。いろいろと世話かけて」

「いや、世話になったのは俺のほうだって。特に昨日は助かった。俺だけじゃ判断しきれなかったし…。一条がいてくれてよかったよ」

二人は肩を並べて歩くと、黒河が目線で「ちょっと」と誘ったことから休憩室へ向かった。

「よく言うよ。お前ならCTどころかカルテを見たところで、本当はピンときてたんじゃないのか？　すでに骨盤内で壊死が始まってる——だから、開腹って」

「そんなことはないって。買い被りだよ。それゃ見当ぐらいはつけたが、普段から婦人科はノータッチだし。産科となったら経験なんかほとんどない。これぱっかりは畑違いだ。そうなったら縋《すが》れる者には縋るって。せっかく頼れる専門医が入ってきたんだから、泣きのコールぐらいするよ」

長身でルックスのいい黒河と並んでもまったく見劣りしない一条。相乗効果さえ生み出すワイルドな美男が連れ立っているとあり、行き交う者たちの視線も自然と奪われる。

「お前、いい医者になったたな」

「あ？」

「いや、若い頃から天才だって騒がれていたら、大概は鼻持ちならない奴になっても不思議がない。特に外科は花形だ。同じ医者に花形も看板もないだろうって気はするが、それでもやっぱり脳外科だの心臓外科だのっていうのは一線違って見える。一般的にも専門的にもさ」

特にここではまだ「新顔」の一条への関心は、周りからも高いのだろう。二人を見る視線の中でも、一条に向けられるもののほうが断然多い。

「けど、そういう視線で見られるうちに、お前何様だよって奴がけっこう育つ。それこそたいした腕でもないのに、でかい面《つら》すんなって奴がごろごろと増えてくるだろう」

患者に向かっているときには眼光鋭く、また無精髭が人相さえ悪くしてみせる一条だが、気の合う同僚相手に気負いはいらない。過度な緊張もいらない。

肩から力が抜けている分、本来の人のよさ、持ち前のビジュアルのよさが際立って、見る者を次々と魅了していく。それこそ隆也には「おっさん」と言われてしまった無精髭さえ、こうなると男の色香を倍増させるチャームポイントだ。

「――それなのに、お前はそういうふうには育たなかったんだなって。患者にとって不要なだけの変な意地や見栄《みえ》、プライドや独断で立ち回る癖もなくて。わからないときはわからないって言えて、自分の判断だけで突き進んだりもしない。少なくとも、こいつは自分よりわかるだろうって奴がいれば、それがたとえ昨日今日現れたような相手であっても、きちんと頼って意見も聞ける」

二人は長い廊下を歩き続けると、休憩室に足を踏み入れた。

中にはすでに、交代勤務の途中で寛《くつろ》ぐスタッフたちがかなりいた。

黒河の登場だけでも口角が上がる者が多いのに、同伴しているのが新顔の一条とあって、スタッフたちの目が爛々《らんらん》とし始める。どうやら寛ぐことより観察するほうに意識が向いたようだ。

「俺は、そういう医者を〝いい医者だ〟って思うし、信頼もする。何せ世の中には〝わからない〟

のたった一言が出なくて、患者を自分以外の医者に預けられない。それで最悪な事態を引き起こす馬鹿も少なくないからな」

　しかし、当人たちはそんな周囲の視線など、まるで気にしていなかった。

　一条など、つらつらと話しながらも白衣のポケットから小銭を出し、自動販売機でブラック珈《コー》琲《ヒー》と砂糖とミルクを多めに設定したココアの二つを買い、ココアのほうを当たり前のように黒河に差し出している。このあたりは、二人の付き合いの長さより深さが見て取れる。

「――――んと、お前らのちゃちなプライドなんて、患者の命に比べたら屁《へ》でもないっていうのに。そういうことがわからない勘違い野郎が、巷《ちまた》には意外と溢れてる。俺がここに来る前まで勤めていた総合病院も、そんな感じの奴が多かった。しかも藤邑さんが回された二軒目がそこだ。こんなことになるなら、あと一月《ひとつき》勤められていれば…。そう思うとやりきれない」

「一条…」

　ココアが事務所でのお礼だということは、黒河にもすぐに伝わった。「なら、遠慮なく」と、快く受け取ってくれるところが黒河のいいところであり、付き合いやすいところだ。

「それを思えば、ここは本当にいい病院だ。お前をはじめ、みんなプライドの持ち方が正常だよ。さっきの事務員にしたって、本当に手を尽くしてなかったら出てこない台詞だろうし。看護師たちにしたってそうだ。医師を〝先生〟と呼びながらも、対等に意見してくるし。おかしいと思えば、その場で疑問もぶつけてくる。年功序列や、あって当然という立場に対しての礼節はあるにしたって、肩書だけの格差や意識はない。そういう意味でも、ここは患者にとって必要な環境と人材が揃ってる。勤められて嬉しい。首にしてくれた前職場に感謝だな」

二人はそのまま休憩室の隅に席を取ると、さらに腰を落ち着けて話し続けた。といっても口を開いているのは一条ばかりで、黒河は徹底して聞き役だ。

「首か。やっぱり噂は本当だったのか。前職場で他科のエースをぶん殴って怪我《けが》させたって」

ようやく声を発したと思えば、こんな下世話な話になってしまったが、一条は今更お伺いを立ててるような黒河の言い方がおかしくて、軽く噴き出した。

「ああ。夜勤で専門外の患者を受け入れて、危うく母子共に殺しかけた馬鹿がどうしても許せなかったんだ。もともと俺みたいに言いたい放題の奴が気に入らなかったのは仕方ない。けど、電話一本でできる確認をしないで、独断で診察しやがった。しかも、お産は病気じゃないって頭で軽く診たもんだから、患者の容態が急変してから大騒ぎだ。それこそ偶然俺が忘れ物を取りに行かなきゃアウトだったぐらいで…、殴りたくもなるだろう⁉　それでも左手で殴ったし、蹴るのも控えた。柔道に空手五段だからな、必死で自分を抑えたさ」

こうなったら武勇伝だとばかりに自慢もしてみた。

「そりゃ理性的だな。でも、だったら首になるのは馬鹿医者のほうじゃねぇのかよ？」

「そいつが院長の息子でなければな」

「――――…そっか」

それでも仁実のことを思うと、一条は〝あそこで自分が手を出さなければ〟と、今更悔いが生まれた。二軒目にまだ自分がいれば、初期症状の段階で診ることができた。

たとえ同じことが起こったとしても、一条ならばショック症状やＤＩＣのあとに壊死が来ることも疑った。ここでは設備が足りないとなっても、的確な第三の病院へ搬送できた。

これは、運や縁といった言葉だけでは片付けられない偶然だ。そうとしか言いようがなくても感情が受けつけないのが、一条の性格だ。

「ま、そのおかげでここに引っ張ってもらえたから、ラッキーはラッキーなんだろうけどな。何せ、ここは医者も看護師も一度は勤めたがる名門医大だ。就職率だけで言うなら、このご時世に〝倍率なん百倍〟の人気医大だからな。ざまあみろっ」

それでも一条は、この胸のつかえを黒河に聞いてもらえただけでも、心が軽くなった。これからは深酒に走るより言えばわかる相手に吐き出すほうが、救われるかもしれないとも思った。

「――――だな。けど、お前が前職を首になって一番喜んでたのは、きっと引っ張ってきた副院長の和泉《いずみ》だぞ。ちょうど小児科や小児科外科に力を入れ始めていたし、産科との連携も強化したいって言ってたから、渡りに船だ。ヘッドハントする手間と金が浮いて大はしゃぎだろうよ」

「だといいが」

それほど産科医として勤めるようになってから、一条は同僚に恵まれてこなかった。

同じ価値観で仕事に向かう者がなく、たとえ初め気が合っても、時間と共に変わっていく。いつの間にか医者という仕事に慣れていく者が多くて、結局合わなくなるのがほとんどだった。

「少なくとも俺は歓迎してる」

「なら、よかった」

それだけに、ここへ来て昔と変わらない友人や価値観を同じくする者たちに出会えたことは、一条にとって貴重だった。医師としては初めて感じた連帯感であり、今後の仕事意欲を増してくれるものでもあった。

「それより一条。ずっと言うタイミングを待ってたんだが、これはさすがに目立つぞ」

しかし、話が一段落したところで、黒河が苦笑交じりで首筋を指してきた。

「ん？」

「お前の恋人はラテン系か？　それとも昨夜が特別か？　さすがに俺でも、ここまではっきりわかるようにはつけさせないぞ。目のやり場に困るって」

耳たぶの下あたりから首の根本までをスッとなぞられ、一条は慌てて席を立つと近くにあった洗面台へ駆け寄った。壁に取りつけられた鏡で首筋を確認する。

「——あっっっっ!!　あの野郎っっっっ」

今になって気づくのもなんだが、隆也が残した愛撫の痕に悲鳴を上げた。

当然周囲の目は好奇なものに変わる。

「へー。相手は〝野郎〟なのか。いつの間に趣味を変えたんだよ。学生時代は男のケツを追うなんてありえない。俺は一生涯女の股《また》しか開かないし、覗かないって言ってたのに。あ、仕事のしすぎでいやになったのか。もしくは気がついたら覗く側から覗かれる側になったか」

しかも、そんな一条の背後に立った黒河が両手を肩に乗せ、変に懐いてきたからたまらない。

この手の悪ふざけは昔からだが、黒河のスキンシップ好きは増すことがあっても衰えることはないらしい。

「んなわけねぇだろう」

「いやいや、何もムキにならなくたって。別に俺はお前が男に組み敷かれて喘《あえ》いだところで、友人はやめないぞ。こんな髭でごまかしたところで、もともと男好きされるような美男なのはわかってる。ってか、これはこれでタイプって奴がいてもおかしくないし、昨夜ほど打ちひしがれていたら、俺でも思わず慰めちゃうかもしれないしな～」

「黒河っ!!」

わざとらしく抱きつかれて、一条は罵声《ばせい》を上げた。これがさっきのスピッツ事務員ならまだ笑って抱きしめ返すぐらいはするが、黒河相手ではそういう気にはならない。そもそも一条には、男に組み敷かれる趣味もない。この場合、百歩譲っても組み敷く側だ。

「嘘だよ。マジに鳥肌立てるなよ。こっちが傷つくじゃねぇか。冗談で迫るにしたって、いやがられたことなんてないのに。ひでぇな」

「だったらお前にも同じことしてやろうか」

一条は、それでも絡むことをやめない黒河に反撃に出ると、身体を返して手を伸ばした。

「いや、この際だ。一度分娩台に括《くく》りつけてやろう。そうすれば、お前も悪戯された相手の気持ちがわかるだろう。そう、なんて言ったっけ。俺らの同期のマドンナ、白石《しらいし》だっけ⁉　確かお前に悪戯されて、分娩台で大股開かされて泣いてた奴」

形のいい、それでいて無精髭などまったくない綺麗な顎をがっちりと摑んで自ら顔を寄せると、休憩室内の至るところで、声にならない悲鳴を上げさせた。

「それは、今でも似たようなことされてるけどな」

「は⁉」

「いや、こっちの話」

それでもこの手の冗談や嫌がらせに関しては、黒河のほうが一枚も二枚も上手《うわて》だった。

黒河は迫られた唇に唇を突き返すと、触れる直前でわざとらしく唇をチュッと鳴らして、周囲に完全犯罪レベルの誤解を与えた。

「うわっ‼　だから、冗談でもやめろって言ってるだろう。本気で犯すぞ、この野郎っ」

惨敗だった。一条は全身に鳥肌を立てると、思い余って白衣の襟を摑み上げて黒河の身体を洗面台脇の壁に押しつける。

本人は「本気で殺すぞ」と言ってるつもりだったが、よほど困惑していたらしい。こうなると休憩室は、歓喜と悲鳴の嵐だ。いつから見ていたのか、中には浅香や黒河の同僚たちもいる。

先ほど名前があがった副院長の和泉など、実は最初から休憩室にいたものだから、時間が来ても席を立てず、肩を震わせっぱなしだ。

「馬鹿、んな大声出すなって。たちまち院内中におかしな噂が流れて、一時間後には歴代の先輩から現役の後輩にまで知れ渡るぞ。それこそお前の可愛い甥っ子のところにまで一気に行くぞ、歓迎しない噂話がよ」

とはいえ、さすがに黒河も力技で押さえつけられると、一条を収めにかかった。

一条
黒河

「なっ、なんでお前が甥のことまで知ってるんだよ」

「俺の記憶力を舐《な》めんなよ。一回り下にいるって言ってたじゃねぇか。しかも、当時初等部だか中等部の学年マドンナにされちまって、心配で夜も眠れないって。それこそマドンナってどんな扱いされるんだ、まさか学生寮で寝込み襲われたりしないだろうなって、聞いてただろう」

「っ…、俺…。そんなことまで、お前に聞いたか⁉」

突然痛いところを突かれて、一条の全身から力が抜ける。

「いや。けど、朱音《あかね》に言ったことは全部俺の耳に入る。それだけだ」

「あ、そう――――って、そうか‼　分娩台に括られてた白石って、白石朱音か。じゃ、何か⁉　今でも似たようなことってことは、お前ら…」

犯すの犯さないのという危険区域は脱出したが、それでも一度脱線した話は、なかなかもとの軌道には戻らない。まるで二人は、大学時代に戻ったようだ。

「おかげさまで、ラブラブだ。昨夜は俺も慰められちまったよ。不覚にも」

「あーあー、そうかい。ごちそうさま」

「そこでふて腐れる意味がわからねぇな。ごちそうさまはこっちの台詞だろう」

「お前と違って、こっちは出張ホスト相手にくだを巻いてただけだよ」

馬鹿馬鹿しくも心地よいムードに流されてか、一条がつい口を滑らせた。

「出張ホストだ⁉」

「馬鹿っ。声がでかいのは、お前のほうだ」

ここまで来ると、もはや一条は時の人だ。顔も名前も余計なプロフィールまでもが、この瞬間から院内中に広がることだろう。現場に居合わせた者たちなど、大半は声を殺して悶絶《もんぜつ》中だ。

腕はいいが、近寄りがたい。顔はいいが、仏頂面で馴染みにくい。その上気性が荒くて神経質で、喧嘩《けんか》っ早くてガラも悪い。さすがは暴力事件を起こして前職を首になった一匹狼《おおかみ》の産科医だ――――という噂は、たった今粉砕だ。

「と、来たぞ。急患だ」

しかし一条は、外から聞こえてきたサイレンの音で冷静さを取り戻すと、ふいに自分を見る周りの目が穏やかで優しいことに気がついた。

「いや。急患には他にも医者がいるが、傷心から出張ホストを呼ぶような哀れな男には俺しかいないだろう。だいたいどうしたら〝その気になれば三分でベッドまで連れ込める男〟と言われたお前が、そんなことになってるんだ。言ってみろ」

「どんな言われ方なんだよ。ふざけてないで行けって、ピッチ《PHS》が鳴ってるぞ。今週は救急救命部の富田《とみた》部長が休みで、フォローが大変なんだろう?」

そういえば、なんで救急救命部に部長代理で外科から引っ張られている黒河が、よりにもよってこんなところで自分とおかしな話を展開しているのかと考えてみれば、ああそうかと、黒河の気遣いが見えてきた。一条の胸が熱くなった。

そう、事務所に怒鳴り込んだ一条を止めに来た早さからしても、黒河はそうとう気にかけていたのだ。これまでの職場の感覚が抜けずに、ついつい一人で走ってしまう一条のことを。自分が知る友人像とはかけ離れた噂ばかりが、どんどん広まっていくことを――。

「ちっ。続きはいずれ聞くからな」

だから黒河は、きっと現場で都合をつけて一条を構いに来た。そんなことはおくびにも出さずに、自分が昔のように絡むことで、本来の一条を周りに見せた。

「暇があったらな」

本当は朗らかで患者思いで、正義感に溢れた医師だということ。自分たちが〝仲間〟と呼ぶにふさわしい医師だということを、黒河はそれとなく一条に本心を語らせることで周りに解けさせ、自然に受け入れさせたのだ。

「――はぁっ。参った」

一条は、黒河が立ち去ったあとも、自分の周りがとても穏やかな空気に包まれているのを実感した。かなり照れくさくなって、鏡のほうに視線を逃がした。

『これはこれで、本当に参った』

残された愛撫の痕に目がいくと一気に脱力してしまい肩を落とす羽目になったが、それでも今朝よりは何倍も心が軽くなっているのがわかった。

『それにしても、あいつは外科だけやらせておくのはもったいない万能名医だな』

一条は、黒河に心から感謝と尊敬の念を改めて抱く。

『あんな奴が、隆也の側にもいるといいんだが…』

そしてその後は、どうか隆也にも黒河のような友人が側にいるようにと、心から願って現場に戻った。

ただし――――。

「馬鹿野郎っっっ。扶養家族の分際で親を泣かせるようなことしてんじゃねぇよ。やったら妊娠することぐらい小学校で習うだろう。ってか、男はどうした男はっ」

どこに行っても、誰に対しても、一条の診察は容赦がなかった。

「逃げられました」

「それでも産みたいのか。親は承知したのか」

「うちのママも、男に逃げられたクチなんで。でも、私を産んで後悔したことはないから、私がそうしたいならって一緒に育ててくれるって」

基本的に病人を相手にするわけではないとはいえ、ときには母親に連れてこられたコギャル丸出しの少女に対してもこんな調子で、看護師たちや同僚をはらはらとさせた。

「できたお袋さんだな。尊敬するぞ。お前、ちゃんと親孝行しろよ」

「一条先生…」

「とにかく、それなら一から生活を見直しだ。これまでと同じことをしていて、元気な赤ん坊が生まれると思うなよ。少なくとも自分の管理もできない女が、母親になろうなんて言語道断だ。生まれるまでに医者ができるフォローなんて、たかが知れてる。けど、お前が努力するなら、俺もお腹の子供が無事に生まれてくるように全力で診る。必ず守ってやるから、これから半年は不摂生なことはするな。一生のうちのいっときの我慢だ。だが、貴重な体験ができる限られた期間だから、そのことを忘れずに。いいか、そんな厚化粧に時間かける暇があったら、勉強しとけよ。ほら、うちでやってる母親教室の案内だ。無料だから落ち着いたら通え」

それでも口は悪いが、患者受けはよかった。

「――ねぇ、一条。私と結婚して」

「馬鹿か、お前はっ。何が一条だ。そんなだから変な男を掴むんだよ。俺は医者としては立派だが、男としては最低だ。それぐらい見てわかるだろう⁉　わからないならついでに学習しろ」

「えーんっっっ。だって、必ず守ってやるとか言われたら、きゅんきゅんしちゃうじゃんっ」

「それは、お前のことじゃなくて腹の中の子供のことだ。ほら、次の予約も入れといたから、間違っても夜遊びなんかするなよ。あと、少しでも変だなと思ったらすぐに来い。お前の身体もまだ未熟っちゃ未熟なんだ。子供が子供を産むのと大差ないんだから、そこ自覚しろよ」

「はーい。一条になら、毎日でも会いに来ちゃう」

「来んでいい。どうしても来たかったら、看護師にでもなって来るんだな」

「ぶーっ」

ときには付き添いで来る身内に深々と頭を下げさせ、感謝の涙をこぼさせることもあり、その姿は一条の印象を更に変えていった。

この東都にまた名医が増えたと、自慢できる医師が増えたと、心から実感させて――――。

# 3

偶然の再会から三日目のことだった。

「おはようございます」

あれからも隆也は普段と変わりなく出社し、自らの仕事に励んでいた。

「あ、隆也。これ、昨日の留守中に受けた事前相談の希望者。近日中に時間ができたら電話してほしいってさ」

「はい。ありがとうございます。一條《いちじょう》部長」

隆也が高校新卒で就職した先は、都内でも大手の葬儀専門会社・日比谷《ひびや》葬祭。その名のとおり日比谷駅の最寄りに七階建ての自社ビルを構え、渋谷《しぶや》区、港《みなと》区、中央《ちゅうおう》区を中心に都内全域から近県での依頼まで請け負っていることから、年間大小合わせて千五百件もの葬儀を行っている。

「いやいや。同じ響きの名字なもんだから、一度は俺に電話が回ってくるんだが、そのたびに〝私じゃなくてすみません〟って感じだよ。たまになりすましてみようかと思うんだから、声でばれる。しゃべったとたんに〝いえ、若くハンサムな一条さんのほうを〟と、くるからな～」

「――――っ…。すみません」

そこで隆也は、入社したときから「隆也」と呼ばれていた。勤め人としてはどうかと思うが、たまたま直属の上司が同じ響きの名字だったことから、自然にこうなったのだ。

「お前が謝ることはない。大丈夫だ。私も二十年前は若かったと反撃してる。おかげで新規のお客様に、ちゃんと上司の一條さんとして覚えられてるからな。本当、一条隆也様々だよ」

「そう言っていただけると助かります」

入社したての頃は、上司にかかってきた電話に隆也が出てしまい、先方からは「君じゃない」と言われることが多々あった。しかし一年一年仕事を重ねるうちに、気がつけば隆也にかかってくる電話のほうが圧倒的に増えている。

今では上司が完全な管理職に回ってしまったがために、こんなやりとりもしょっちゅうだ。

だが、何度見てもこのやりとりが不思議でならない、疑問に思えてならない者はいる。

「すごいなぁ。相変わらず指名客が多いですね。ってか、普通葬儀の相談って担当者を指名するもんなんですか？　葬儀会社選ぶのだって、大概は病院からの紹介だったりしませんか？」

側にいた先輩社員に声をかけたのは、入社して二年目になる新人営業マンだった。

「大概はな。だから会社側が病院に裏で大金積んだりするんだろうな。お客さんを紹介してもらうために、年間何千万とか、ざらだって話だし」

すると、同じような質問に何度となく同じ答えを発してきただろう先輩社員は、デスクで電話をかけ始めた隆也を見ながら説明した。

「――――ブラックな話ですね。もしかして、うちもそうなんですか」

「いや。うちは二代目がそもそも医学部の出だから、医者には山ほど知人がいる。いろいろと融通はしても、金の行き来はないと思う」

「医学部から葬儀屋？」

「ああ。先代が倒れたときに、苦肉の選択でそうなったらしい。ただ、そういう経緯があるから学生時代の縁故がものを言ってさ。そもそも経営手腕もあったんだろうけど、小さな町の葬儀屋が十年足らずでここまでになったぐらいだ。うちの二代目、実はこの業界じゃ有名人だぞ」

「そうだったんですか」

「ああ。ただ、そうは言っても俺たち営業が、新規開拓として病院回りをしてるのは確かだ。やっぱり一番のお得意様っていうか、お客の紹介先は病院ってことになるけどな」

途中話が二代目社長・稲葉《いなば》一秋《かずあき》に逸れるが、それでも新人の視線は隆也から動かない。

「――――でも、隆也さんは違うんですよね？　俺たちみたいに上から今日はあそこへ行けとか、ここに飛び込みしてみようか…、って感じじゃないですもんね」

抵抗がないと言えば嘘になる営業回り。葬儀を専門に扱うということは、死者とその家族を扱うということだ。葬儀そのものを担当し、執行するならまだいいが、やはりそれ以前の営業回りとなると、理性では割り切れない感情が生まれる。

決して笑顔で「葬儀の際のご用命は…」とは言えない。これが仕事とはいえ、どれほど神経を遣っているかわからない。だからこそ、新人の視線は隆也へ行く。自分のような苦痛を感じているようには見えない仕事ぶりに嫉妬《しっと》さえ覚えていた。

「そりゃあいつの場合は、担当した客が次の客を紹介してくるからな。それこそ普通は〝あそこの葬儀屋はサービスよかったわよ〟なんて口コミなんだろうけど、隆也の場合は〝日比谷葬祭の一条さんがいいわよ〟って感じになる。だから客のほうも、会社に相談なんかじゃなくて隆也に指名で来るんだよ」

「あの…。俺、やっぱりいまいちピンとこないんですけど。葬儀屋で指名って」

するると、新人の心中を察してか、先輩社員が「これはばっかりは」と苦笑する。

「ピンとこようがこまいが、事実なんだから仕方がないだろう。それに、あいつはもともと実家が産院で、両親も早くに亡くしてる。素で〝ゆりかごから墓場まで〟を語れるんだよ。遺族に対しても気が利くし、気持ちもわかるから、客受けがよくなるんだろうな」

二人の話を小耳に挟んだ別の男性社員も顔を出してきた。

「し・か・も、若くて美丈夫だしな。あんなに礼服が似合って、美しい男の葬儀屋なんてドラマか映画じゃなきゃお目にかかれない。こんな商売で同業から〝黒服王子〟なんて呼ばれてるのはあいつぐらいだよ。それこそ夫を亡くした奥様方の口コミ力は計り知れないし、今時はどんな商売でも顔が命ってことだろう」

男は大卒入社なので年は上だが、隆也とは同期だった。どうやら新人以上に、嫉妬心に駆られているのがわかる。が、そんな男の肩を笑顔で叩く者がいた。

「なら、売り上げアップのために整形でもしてみるか。なんなら会社で金を出してやるぞ」

仕事柄か、普段からダークグレーか漆黒のスーツしか身につけない男は、日比谷葬祭の二代目社長・稲葉だった。

どちらかと言えば白衣のほうが何倍も似合いそうなインテリジェントなマスクにブランドものの眼鏡《めがね》がよく似合う彼は、今年で三十四になる。明るく誠実な性格の表れか、嫌味のない、人好きのする笑顔が魅力的で、社員にとっても自慢の敏腕社長だ。

「っ、社長」

「すみませんでした。口が過ぎました」

男たちは即座に頭を下げた。新人などあまりの驚きから、それさえできずに硬直気味だ。

「別に。俺がお前らの立場だったら、一度ぐらいは似たようなことを考えるさ。口に出す出さないは別として、それぐらい隆也の仕事ぶりは逸脱してるからな」

しかし、そんな彼らに稲葉は軽い口調で同意を示した。笑顔と言葉の中には、お前たちが無能なわけじゃない、隆也が突出した存在なんだというフォローも含めている。

「ただし、生まれ持ったビジュアルに寄せられる世間の身勝手な期待に応える、応えないは本人の努力によるものだ。顔だけよくて使えない奴なんか、世の中にごまんといる。綺麗な顔に見合った親身で思いやりのある対応っていうのは、端《はた》で見るよりも神経遣うと思うぞ」

しかしその一方で、稲葉は隆也への評価もきちんと口にした。

周りを気にすることなく、電話対応に神経を注いでいる隆也に視線もやった。

「はい。はい。わかりました。でも、これから伺わせていただきます」

隆也はペンを走らせながら、間違いのないようにメモを取るのに必死だった。先ほどから何度となく視線を向けられているにも拘わらず、まったく気づいた様子がない。

稲葉は、いつもながら隆也の集中力には感心するばかりだ。

「それに、あいつのすごいところは、これまで担当してきた葬儀の喪主に対して、法要ごとに一筆書いて送ってるところだ。それが葉書一枚であっても、ちゃんと当時のことを踏まえて書かれてくる文面を見たら、そりゃ遺族からの印象もいいだろうよ。葬儀屋の担当者なんて結局はその場限り、行きずりの相手となんら変わらない。それが故人の三回忌や七回忌を覚えていてくれるってだけでも感動だ。今時、親族だって忘れる奴がいるぐらいだかな」

そうこうするうちに、自然と稲葉から笑顔が消えていった。

「社長。それって、俺たちが真似《まね》をしてもありですかね?」

「葉書代って、経費で出るんですか?」

稲葉の言わんとすることを軽んじた男たちは、「なるほど」という顔で問いかける。

「別にやるならやってもいいし、本気なら経費を使っていいぞ。ただし、客を取り違えて勘違いな日に勘違いな文面を送らないように、細心の注意は払ってくれよ。年賀状とは違うんだ。会社の面目にかかわる以前に、人としてもこんなに失礼なことはないからな」

それを聞くなり、軽く噴き出した稲葉を見て、逆に男たちは背筋が震えた。

当たり前の注意を受けただけなのに、その言葉と笑みの中には「たかが挨拶状一枚だと思って簡単に考えるな」と厳しい叱咤《しった》が含まれていたのだ。

そうでなくとも日比谷葬祭の社員一人が一年のうちにかかわる葬儀は最低でも二桁《けた》、それも三桁に近い二桁だ。それが毎年繰り返されるのだ。そんな中で喪主や故人にかかわること、葬儀の内容まで記憶なり記録なりをしていくのは、たとえ仕事であっても緻密《ちみつ》な作業だ。その上、命日に合わせた三回忌、七回忌という節目に「その節は」と一筆するとしたら、どうだろうか?

日にちや葬儀プランの記録だけなら、会社のパソコンを開けばデータとして残っている。単なる後日の挨拶状なら、何種類かあるテンプレートから選んで印字して送ればいい。これなら事務員のほうが、確実にこなしてくれる内容の仕事だ。が、そこに血の通った一筆を添えるとなれば、まったく別の話になる。

結婚式にドラマがあるように、葬儀にもドラマはある。二人として、二家族として同じシナリオで展開されることはない。たとえ式や進行に限られたパターンしかなかったとしても、故人とその家族にとって葬儀は、最初で最後の厳粛な別れの儀式。そしてそれは後日の法要にしても同様で、そこにあえて他人が踏み込む限り「間違えました、人違いでした」は通らないということだ。人としても、葬儀を扱うプロとしても。

「わかったか。隆也がすごいって意味が」

男たちは、微笑む稲葉の顔が今日ほど怖いと感じたことはなかった。優しい口調であっても、いつにも増して言葉が重い。胸にずっしりとくる。

「はい。軽々しいことを口にして、すみませんでした」

男たちは揃って身体を二つに折った。

「――すみません、部長。ちょっと出てきます」

「おう。もし時間が押したら電話を寄こせ。直帰してもいいからな」

「はい。今日はまとめて何件か回るので、よっぽど遅くなったら、そうさせてもらいます」

隆也はそれさえ目に入らない様子で、上司に断りを入れると外回りへと出て行った。

本人の見た目が華やかなので誤解されがちだが、その仕事ぶりはとても地味で緻密だ。

今更稲葉に言われなくとも、本当はわかっていた。ただ、素直に認められなかっただけで、隆也ばかりが楽に仕事をこなしているように見えてしまって――。

「そういえば隆也さんは入社して何年でしたっけ。俺より二つ上ってことは四年ですか？」

後ろ姿を見送りながら、新人営業マンがぽつりと問いかけた。

「いや。あいつは高卒だから、もう八年だな」

聞かなくてもわかっている先輩二人が言い渋ったので、答えたのは稲葉だ。

「え⁉　ってことは、八年分の担当葬儀を全部覚えていて、葉書を書いてるんですか⁉」

単純計算だけでは答えが出ない。これは数だけの問題ではない。それぐらいは入社して二年目の社員でもわかる。

「逐一メモは取ってるみたいだがな。ま、何一つ流れ作業ではやってないってことだろう。頑張って真似しろ。そしたら今からでも第二の隆也になれるチャンスは、お前にもあるからな」

終始軽く言い放った稲葉にポンと肩を叩かれて立ち去られ、新人はその場に立ち尽くした。

「他人に嫉妬をするなら、まずは同じだけの努力をしてみろ。それをやりもしない、やれもしないうちから愚痴をこぼしても始まらないぞ。って、ことだな」

「ああ」

それでも気を取り直して「俺たちも行くか」と声をかけ合う先輩二人に肩を叩かれて、

「はい」

まずは、やってみるしかないかと新人は心に決めた。

過去の一年を振り返るのは、正直言って難しい。いや、もう無理だ。

だが、これから意識を変えれば、何かが変わるかもしれない。隆也のようにはできなくても、自分なりのやり方が見つかり、今より充実した仕事ができる可能性はあるのだから――。


知らず知らずのうちに同僚たちを奮起させながら、隆也が外回りで向かったのは東都大学医学部付属病院の入院病棟だった。

会社のある日比谷から四駅先の広尾《ひろお》にある東都医大は、日比谷葬祭にとっては地元同然なだけに、先代社長の時代から出入りがある病院だ。ただ、本日隆也がここを訪れたのは会社絡みでの縁故ではなかった。一年ちょっと前に担当した葬儀の喪主から直接「相談したいことがある」と言われて訪れたのだが、それだけに隆也は気が重くて仕方がない。

「こんにちは。お久しぶりです。その節は、どうも」

「あ、一条くん。ごめんなさいね、わざわざお呼び立てして」

相手は一条と変わらない年頃で、夫を亡くした朱雀翔子《すざくしょうこ》という女性だった。

「いいえ、とんでもない。それで、折り入って相談とは…？　また、お身内で何か…？」

夫を亡くして、しばらくしてから忘れ形見を出産したことだけは耳にしていたが、そんな翔子に再び不幸が訪れようとしているのかと思うと、どうにも切なくて、やりきれない。

初めは法事の相談かと思ったが、そうではない。できれば会ってから話したいと言うので、尚更《なおさら》不安ばかりがこみ上げる。

「ううん。相談があるのは私じゃなくて、友達なの」

「お友達ですか？」

しかし、そんな翔子が隆也を案内したのは、入院病棟の中でも産婦人科の階だった。

『…まさか』

長い廊下を歩き進めていると、至るところから元気で幸せそうな女性たちの声が聞こえてくる。

だが、ここに案内された段階で、隆也には相談される内容に察しがついた。それだけに、これが翔子に起こった不幸ではないとわかっていても、隆也の気は重くなる一方だ。

ふいに、酔って崩れた一条の姿が目に浮かぶ。

「ここよ。仁実、私。来ていただいたわよ」

隆也は大部屋の一角、カーテンで仕切られた空間に案内されると、そこで背上げのベッドに身を預ける女性から会釈を受けた。

「突然お呼び立てして、ごめんなさいね。実は先日、彼女に会ったときに、あなたから貰った葉書を見せてもらったの。それがすごく記憶に残っていて、今回…、私もお世話になりたいなって。会えないかしらって思って、彼女に頼んだんだけど…」

部屋の入り口の名札には、藤邑仁実とあった。翔子とは同じ年頃だろうか、三十半ばぐらいのとても清楚《せいそ》で大人しい印象の女性だ。

「私の赤ちゃん、二週間前に死んでしまったの。流産しちゃって…。でも、二十二週だったから死亡届を出して、家族の手ですでに火葬もされてるんだけど…。私、ずっと病院にいるんで、何もしてあげられなかったの」

仁実は隆也と挨拶をすませると、すぐに用件を口にした。

「だから、せめて埋葬する前に、ちゃんとお葬式を…してあげたいって思って」

隆也の想像は当たっていた。

やはり一条の顔が浮かぶときは、必ずと言っていいほど、この内容だ。

「っ…ごめんなさい。そんなの、やっぱり、ないわよね。写真も何にもないのに…。これって、このままお寺さんに直接お願いして…、そういう内容よね。何言ってるんだろう、私」

仁実は話をするうちに泣き崩れて、隆也を呼んだことを後悔し始めた。自分の思いを口にしたことで、幾分冷静さを取り戻したのだろう。そして、自分が子供を亡くしたショックから、本当なら翔子も困り躊躇っただろう懇願をした事実に気がついたのだ。

「仁実」

「ごめん…、ごめんね、翔子。ごめんなさい、一条さん…。こんな馬鹿な話…。無茶な話のために、わざわざ――――、ごめんなさい」

その様子から、隆也はどうして翔子が〝すぐに話を聞いてほしい〟〝相談は会ってからしたい〟と頼んできたのかを理解した。

きっと今だからこんなふうだが、仁実が翔子に話を持ちかけたときは、もっと憔悴《しょうすい》し、打ちひしがれていたはずだ。たとえ身内や友人でも、自分の思いを否定されたくないし、また同情的な同意もされたくない状態でもあっただろう。だから、こればかりは専門家に聞くことで納得させたほうがいい、葬儀ができるできないは別として、まずは仁実自身が納得のいくようにすればいいと判断したのだと。

隆也は、少し腰を屈《かが》めて仁実と目の高さを合わせてから、穏やかな笑みを浮かべて優しく声をかけた。

「…藤邑さん…。どうか、謝らないでください。大切なお子さんを亡くした気持ちは、正直言って俺はまだ独り身なのでわかりません。ですが、俺も早くに両親を亡くしているので、今起こっていることが信じられない、信じたくないという気持ちなら少しわかります」

仁実はじっと隆也の言葉に耳を傾ける。

「そして、お葬式にはいろんな意味や役割が込められています。その中には、残された側が心の整理をする、最愛の者の死を受け入れ、そして見送り、亡くなられた方の分までこれから生きるために気持ちを切り替えていくという儀式でもあるんです」

仕事上で相談を受けた隆也にできるのは、仁実に対して誠実に接する、そして自社でできることを明確に伝え、快く理解してもらうことだけだ。

「なので、お子さんとお別れの式はできます。決して無茶な話ではありません。もちろん、お式の詳細はご希望を聞いてから決めることになりますし、退院してから行うことになると思うので。そのためにも、まずはお身体のほうを――。一日でも早く元気になって、心の整理をしてい

きましょう」

隆也の説明を受けて、仁実は両目を見開いた。翔子と顔を合わせながら、わずかだが笑みが浮かぶ。

「私にできることはなんでもさせていただきます。お力になれるよう、また過度なご負担にならないよう、精一杯協力させていただきますので」

「ありがとうございます…。ありがとう…」

ただ、仁実の笑顔が見られたのは一瞬だけで、その後は肩を震わせ泣き崩れてしまった。

「よかったわね、仁実。私もできる限りのことはするから、まずは元気になろう」

「翔子…っ!!」

これまでの思いが一気に放出されたのだろう、少しホッとしながら慰める翔子の腕にしがみついて頬を濡《ぬ》らした。

その後隆也は、翔子から仁実の退院がまだ先なことを教えられて、今日のところはここまで、細かな相談は後日改めてすることにした。

『確かに、何を言い出したところで不思議はない状況だよな。男の俺には想像しきれない。痛みも、苦痛もわからない。でも、そうせざるを得なかった側の気持ちなら、少しはわかる。きっと、仁実さんを診た医者は辛かっただろう。もしかしたら叔父貴みたいになってたかもしれな…、ん?』

病室を出ると、どこに立ち寄るでもなくエレベーターフロアに向かうが、ナースセンターの前で激しく揉める男女を目にして足を止める。

男女共に和装姿とは珍しい。年の差を見ると母子のようだ。

「こんなときに何を言い出すんだよ。仁実は流産しただけでなく、子宮を全摘出してるんだぞ。どれほどショックを受けてるかわからないのに。それだって、生きてるだけでもありがたいってことなのに」

「だからそれはそれ、これはこれで考えておきなさいって言ってるでしょう。藤邑家には直系の跡継ぎが必要なんです。二百年も続いた舞の名家なんですから、それをあなたの代で終わらせるわけにはいかないのよ」

耳に飛び込んできた会話の内容から、隆也は口論していた男女が仁実の姑《しゅうとめ》と夫・藤邑だとわかった。

「別に仁実さんが嫁としてふさわしくないと言ってるわけじゃないわ。でもね、あなたには子を残す義務があるの。言い方が悪いのはわかってる。けど、今後仁実さんとの間に子供が望めないなら、代わりに身ごもってくれる女性を探すことも頭に入れておいてくれないと…」

「ふざけるなよ。そんなこと考えられるはずがないだろう」

他人事とはいえ、聞いて気持ちのいい内容ではない。たった今、泣き崩れた仁実と接してきただけに、隆也は呆然とするばかりだ。

しかし、これが身内の会話なのかと思うと、呆《あき》れるだけではなく腹立たしいほどだ。

「それなら、今後は長男のいる健二《けんじ》のほうを跡継ぎとしていくしかないわね。もしくは、健二の息子を養子にするか――――それでいい？」

「なっ、あいつにそんな才能なんかないのがわかってるのにか。そもそも家業がいやで自由奔放に生きて、踊りの世界を馬鹿にして。そんな奴の血を残すって言うのか。あいつに舞踊家としての魂はない。これって血だけの問題じゃないだろう!!」

「私だってこんなことは言いたくないわよ。でも、私が仁実さんの立場だったら、自分が煮え湯を飲んでも血を残します。それが代々続く家の誇り、舞の魂を守るためなら甘んじて」

「お袋」

「いずれどうするかは、あなたが仁実さんと話し合って決めなさい。避けては通れない必要な相談であり決断よ。ただ、それを言っておきたかっただけ」

「――――……っ」

これで話がついたと言えるのかどうかはわからないが、姑は藤邑を残して立ち去った。

残された藤邑は唇を噛み締めて、立ち尽くす。今、彼は何を思っているのだろうか？

『また、複雑な家庭事情だな。ただでさえショックだろうに、家督云々《うんぬん》の曰《いわ》くつきかよ。と、叔父貴!?』

すると、ちょうど到着したエレベーターから姑と入れ違うように、白衣を纏った一条が現れた。

隆也は慌てて側にあった給湯室に飛び込み、少し距離を置いたところから覗き見る。

「どうしました。顔色が悪いようですが」

鼓動が一気に速まった。白衣姿の一条をまともに見るのは、これが初めてかもしれない。

「っ…、先生。どうしてこんなことになったんですかね」

「藤邑さん?」

いつから一条が東都に勤めていたのか、隆也にはわからない。

だが、聞こえてくるやりとりで、仁実の主治医が一条だったことはすぐに理解できる。

「なんで⁉ せめて子供か仁実の子宮か、どちらか…、どうにかならなかったのか。どうしてなんです⁉ あなたがた医者なんでしょう⁉ それも、子供を無事に取り上げるのが仕事の産科医なんでしょう‼ なのに、どうして――――。どうして…」

流産しただけでなく、子宮まで摘出することになった仁実。藤邑としても行き場のない思いをどうすることもできなかったのだろうが、突然それらを一条にぶつけた。

「力が及ばず、すみませんでした」

どうにかなるなら、どうにかしている。しないわけがない。そんなことは誰にだってわかりきったことだ。

けれど、それでも一条は身体を二つに折って謝罪した。

藤邑に対して、決して言い訳めいたことはしなかった。

『叔父貴…』

隆也は一人、グッと奥歯を噛み締める。

『気持ちはわかる。けど、叔父貴が責められるいわれはどこにもないよな? もう、さんざん下げたんだろう頭を、また下げる必要はないはずだよな⁉』

込み上げてくる、強い憤りがごまかせない。

『医療ミスってわけでもないのに。最善を尽くした結果に打ちひしがれてるのは、何も患者と家族だけじゃないはずなのに…。ましてや、家の事情や都合のために、こんなのただの八つ当たりじゃないか』

今この瞬間、一条はどんな気持ちで頭を下げているのだろうと考えるだけで、藤邑に食ってかかりたくなる。

『でも、それがわかってても、叔父貴はそうやって受け止めるんだよな。絶対に、こっちだって精一杯やったんだよって、怒鳴り返すことはしないんだよな。だから、我慢しきれなくなるとわけもわかんなくなるほど泥酔する。たった一人で失った命を弔《とむら》って、患者の痛みを自分の痛みに感じて、涙もこぼす――』

この場で隆也が飛び出し藤邑を叱咤できなかったのは、一条自身が堪《こら》えているから。どこまでも辛いのは患者本人、そしてその家族だという信念を貫き、理不尽な八つ当たりでさえ甘んじて受けることを常としているからだ。

『父親と同じように…』

隆也は、ふと幼い自分の手を握り、敬愛してやまない兄の背中を見ていた一条の姿を思い浮かべた。

〝隆也のお父さんは、俺の兄さんはすごい医者なんだぞ。立派な人なんだぞ〟

〝うん〟

早くに両親を亡くした一条は、十八歳も離れた兄に育てられており、そのために結婚しても兄夫婦と同居していた。これはこれで仲のいい親子のようだったと、当時を知っている者は言う。弟との同居が結婚の条件の一つだったほど、隆也の父は一条を溺愛《できあい》し、ずっと守り続けてきた。また隆也の母はそんな父が医学の道を諦めずにすむように、自分のほうが大学を中退して家に入り、進んで幼い一条の面倒を見たという、優しくも芯の強い女性だ。

しかし、二人は学生結婚だったことから、周囲の反対は激しかった。母親はそのために実家からは勘当されてしまったが、その分夫と義弟を愛して大切にしたこともあり、兄夫婦の存在は一条の中では絶対的なものとなっている。

だからこそ、当たり前のように彼の愛情は生まれてきた隆也へ、惜しげもなく向けられた。自分と同じように、早くに親を亡くした甥を愛し育てていくのは一条にとって、もはや宿命のようなものだった。

「よう、隆也。仕事か？」

「っ‼」

隆也は立ち尽くしたまま考え込んでいると、背後から声をかけられる。

「――――あ、黒河先生。いつもお世話になってます。って、縁起がよくないですよね。俺がここで挨拶するのは」

「そうか？　別に気にしなくても。他の業者は堂々と患者の前でも挨拶してくるぞ。別に背中に名刺をつけて歩いてるわけじゃないんだから、気にしすぎると神経もたないぞ」

声をかけてきたのは黒河だった。

こうして黒河が隆也に声をかけるようになったのは、彼の同級生であり親友だった翔子の夫、朱雀の葬儀にたまたま隆也がスタッフの一人として入っていたからだった。翔子が隆也の気遣いにいたく感動したことが、黒河の耳にも入ったのだろう。すでに会社と病院側に縁があるので個人的に仕事の話をすることはないが、会えばこうした挨拶程度はするようになった。

そのたびに黒河は隆也が欲しい言葉を自然にくれる。言っている黒河には意識がないようだが、タイミングによっては隆也が死神の使いにも見えるのか、医者からばつの悪い顔をされたことも数えきれない。そのため口癖のように「縁起が悪い」と出てしまうのだが、黒河はいつもこんな調子だ。

「ありがとうございます。そう言っていただけると、ほっとします。でも、今日はどうされたんですか？　産婦人科の病棟に来るなんて珍しいですよね」

「ああ。ちょっと急患で診た患者がいるから、様子を見にな」

「そうですか」

急患と聞いて、隆也は胸騒ぎがした。もしかして仁実のことなのだろうか？

「あ、そうだ。今、五分だけいいか。プライベートで聞いてほしい話があるんだ」

「俺のほうは大丈夫ですけど、黒河先生は大丈夫なんですか？」

変に勘ぐったところで誘われたものだから、余計にドキリとしてしまう。

「だから五分だけ」

「はい」

隆也は黒河に目配せされると、給湯室から更に人目につきにくいリネン室へ移動した。

こんな密室で、しかも二人きりで、いったいどんな話があるというのか想像がつかない。黒河に限って変な内容ではないと信じたいが、これまで「プライベートで」と言われたことが一度もないので、隆也はひどく緊張した。

だが、緊張しきった隆也に黒河が切り出してきた話は、思いがけないものだった。

「はい⁉　別れたことを後悔してるから、よりを戻したい？」

「そう。泣きのメールが来たんだよ。感情的になって別れると言ってしまったが、後悔してるって。けど、別れた直後から電話もメールも着信拒否になっていて連絡が取れない。まさか会社まで押しかけるわけにもいかないし、押しかけたところで会ってもらえるかどうかもわからないから、見かけることがあったら〝もう一度だけ会いたい〟と伝えてほしいって。どうやら病院勤めの知り合い全員にメールしまくったみたいだな。あいつ、仕事になってないかもしれない」

一条と再会したあたりですっかり存在を忘れていたが、黒河が個人的に伝えてきたのは隆也の元彼からの伝言だった。同業者だけに、どこかで繋がっていたのだろうが、それにしたってという内容に呆然としてしまう。

「そうですか。すみません、変なところでご迷惑をおかけして。俺、プライベートの携帯電話は登録してあるナンバーしか受けないように設定してあるから、そこから消したとたんに全部着信拒否になっちゃうんですよね。ふられた相手のことで、いろいろと引きずりたくないし」

こんなことを頼まれるほうだって困るだろうに。いったい何人の知り合いにメールをばらまいたのか、隆也は今後を思うと目眩がしそうだ。

「ま、そりゃそうだよな。じゃあ、もう二度と会うことはないか。何が理由か知らないけど、やっぱりふっておいて後悔してるって、虫がいいし。あいつにしては珍しいこと言ってきたなって気がして、とりあえずは聞いてみたけど…。自分から逃がした魚が、呼べば戻ってくると思うなよって返しとくか」

まともに取り合っている黒河の律儀さが窺《うかが》える。

メールを受け取った側の中でも、間違いなく黒河は多忙な医師だ。おそらく筆頭だ。そう考えると、隆也のほうが申し訳なくなって何度も頭を下げた。

「――――あ、でしたら、もう次の相手ができたって、返事をお願いできますか。そのほうが変に引きずらなくていいし。お互いのことはいい思い出にしましょう、今後は仕事に励みましょうってことで。すみませんけど…」

「了解。別れたら次の人っていうのは、一番の傷薬だもんな。ましてや君ほど魅力的な男の隣だ。席が空いたら、速攻座る奴が現れるよな…、と、どうしたこれ⁉　みみず腫《ば》れになってるぞ」

黒河は隆也の気持ちも汲《く》んで、快く了解してくれた。そして会話の中で目についたらしい、シャツの襟元を指してくる。

「あ、ちょっと痒《かゆ》くなって、夢中でかきむしってしまって」

隆也は咄嗟《とっさ》に首筋を手で隠した。

「それにしたって…、診せてみろ」

しかしその手は軽く弾かれてしまい、隆也は言われるままネクタイを緩めてシャツの第一ボタンを外す。

「あーあ。本当に容赦なくやったな。待ってろ。今、皮膚科から軟膏《なんこう》くすねてきてやるから。なんなら化膿《かのう》止めも…」

黒河は顔色一つ変えずに襟を開くと覗き込む。

その手と視線の艶やかさに、隆也は勝手違いとわかっていてもドキドキした。

「いえ、結構です。お忙しいのに、お気遣いなく」

これを小さな親切大きなお世話とは言わないが、場所が場所だけにひどく隆也を慌てさせ、その頬を紅潮させていく。

「気にするなって。おかしな話を聞いてもらった礼にもならないけ――――っ!!」

誰もが尊敬するだろう天才外科医が、こんなに罪な存在だと感じたのは初めてかもしれない。が、そんな黒河は背後から肩を摑まれると同時に、いきなり殴られた。

「うぐっ」

「黒河先生!!」

まったく予期していなかった出来事に黒河は床へ飛ばされ、隆也は悲鳴を上げる。

「――いっ…てぇ…。何すんだよ、いきなり!」

見た目や言動よりそうとう温厚な黒河も、これには怒気を露《あら》わにした。

しかしそれを真っ向から受けたのは一条で、見たこともないほど蒼白な顔で激怒している。

「それはこっちの台詞だ。てめぇ、こんなところに人の甥っ子を連れ込んでどんなセクハラだ。ちょっと好みのタイプだと、すぐに手ぇ出しやがって。いまだに治らないのか、この好色男が。白石に言うぞ、白石に」

「は、甥⁉　って、ふざけんな。誰が誰を連れ込んでセクハラしたって言うんだよ」

「たった今してただろう。どうせ、仕事を回してやるから金より身体寄こせみたいな話だろうが、隆也の襟元乱しておいて、言い逃れすんな」

言われてみれば仕方のない勘違いだった。場所やタイミングも悪かったのだろう。

それ以上に一条が隆也に悪さをされたと信じて疑わなかったのは、黒河自身が原因だ。今はこれでも落ち着いて見えるが、一番イケイケだった大学時代を知る一条にしてみれば、他に発想がいかなかったのだ。

とはいえ、一緒にあらぬ誤解を受けた隆也に、一条の親心などわかるはずがない。

「ば、馬鹿叔父貴っ。なんて恥ずかしいこと言ってるんだよ、勘違いも甚《はなは》だしい。しかもそれって、ただの侮辱だぞ」

「何が侮辱だ。現場を押さえられて、言い逃れできると思ってるのか」

「違うって。黒河先生はただ、俺のこの傷に気づいて〝薬を調達してくるぞ〟って言ってくれただけだよ」

隆也はシャツの第二ボタンまで外すと、かきむしった痕が残る首筋や首元を突きつけ、一条に晒《さら》してみせた。

「―――っ、なんだこれ。どうしたんだ⁉」

「原因の大本が真顔で聞くな。あれから、あんたにつけられたキスマークが腹立たしくなって、ついついかきむしったらこうなったんだよ。それだけだ」

「っ！」

真っ白な首筋から鎖骨《さこつ》に残るみみず腫れに驚く以上に、その原因をぶちまけられた一条が黙る。

「ふーん。それだけ、ね」

代わりに黒河がコメントしてくれたが、その瞬間、隆也と一条は揃って「あ」と口にした。

「…嘘」

「最悪な展開だ」

こういうところは似たもの親族だ。二人は同時に視線を逸らして、額《ひたい》に手をやっている。

「何が最悪だ。最悪なのは俺のほうだ。でもま、俺は誰かに貸しをつくるのも後腐れが残るのも性に合わないクチだからな。きっちり返すものだけは返しとくぞ、一条っ‼」

黒河は、わざとらしく白衣を叩きながら立ち上がると指の骨を鳴らした。そのくせ一条の白衣の胸ぐらを摑むと、同じように頬を殴るのではなく腹部にがっつりと膝《ひざ》蹴りを食い込ませた。

「っ…っ‼」

襟を取られた瞬間、奥歯を噛んで構えたが、これではまったく役に立たない。こんなときさえ黒河は、外科医である自分の手の保護を忘れていない。

「叔父貴っ‼」

それでも股間《こかん》を蹴られなかっただけ、そうとうマシだと思わなければならないのは、相手が何事にも容赦のない黒河だからだ。一条は腹を押さえて我慢する。

と、黒河の白衣のポケットからピッチの呼び出し音が聞こえて、この場はここまでとなった。

「とりあえず。俺は急患のところに行くから、薬はお前が調達してやれよ。似たような場所に痕を残すほど舐め合ったらしい、大事な甥っ子のためにな」

一条や隆也としては、ここですべて終わらせたい話だったが、そうはいかない。黒河は一条のほうに捨て台詞を残すと、痣《あざ》のできた左頬を気にもせず、救急へ戻っていった。

廊下では、黒河の痣に驚いた看護師たちが、次々と悲鳴を上げている。

「――――」

「……っ」

残された二人の気まずさは過去最高となったが、ここは隆也が「早く仕事に戻りなよ」と言って一条を部屋から出したことで、幕を閉じた。

一人になると溜息は山ほど出たが、こんなときに仕事の二文字はありがたい。次の訪問先への時間が迫ったことで、隆也も気持ちを切り替えて病院を出ることができた。

『よりにもよって、黒河先生か』

ひょんなことから、二人の秘密を第三者に知られることになった。

それなのに、隆也はまるで困った気がしなかった。

むしろ止まっていた呼吸が回復したように楽になり、頭上に広がる青空を見上げてふいに笑みがこぼれたほどだ。

『黒河先生なら、いいか』

その日も仕事は順調だった。何一つ、隆也に気がかりはなかった。

# 4

多忙なのはお互い様だけに、一条は〝この話〟が自然消滅するものだと思っていた。ああは言っても黒河は、他人の下世話に首を突っ込むタイプではない。話されれば相談にも乗るし面倒見もいいが、好奇心だけで胸の内を探るような無神経さは持ち合わせていない。だから一条は、自分から話を切り出さない限り、二度と隆也の話題は出ないものと信じていた。

まさか数日も経たないうちに救急の富田が出勤、ずっと穴を埋めていた黒河に休みが取れて、それが自分のものと重なるとは考えてもいなかったし。また、ロッカールームで帰りが鉢合わせしたところで痣に目がいき言葉に詰まり、自分のほうが堪えきれなくなって、黒河を誘う羽目になるとは想像さえしていなかったから。

「――――じゃ、何かよ。あの日、自棄になって酔っぱらって、馴染みの出張ホストクラブに電話したら現れたのが甥っ子だった。しかも正体不明のまんま、気がついたら朝だったってか」

「…ああ」

二人が病院を出たのは、夜勤も日勤もないまま連日院内で過ごしたあとだったことから、午後の二時過ぎという半端な時刻だった。

本当なら素面で話せる内容ではないはずだが、生憎《あいにく》店で酒が飲めるような時間でもない。かといって、万が一にも他人に聞かれれば困る話だったことから、二人は職場から近い一条の部屋に腰を落ち着けることにした。

実家が近場にはない上に、寝に帰るだけならここで十分と入った中目黒《なかめぐろ》の独身寮は、広めの1LDK。医学書で埋まった大型の書棚が目につく以外、必要最低限の家具しかないのは、どの部屋も共通している。一条の部屋にしても、黒河が独身寮にいたときと大差がなくて、足を踏み入れたときには「懐かしいな」と漏らしたほどだ。

それでもここへ来てから一条は、いったい何日帰れたのだろう。開けられていない荷物が目につくだけではなく、生活感さえ感じられないほどだ。

頼りになる産科医、それも院内に缶詰になってても文句一つ言わない専門医が増えたことで、東都の救急には駆け込み妊婦が日増しに増えている。仕事馬鹿だと自覚のある黒河から見ても、やはり一条も同類だ。今では仮眠室のベッドの一つが、彼専用になりつつあるほどだ。

「――――そら、確かに驚くよな。けど、それって向こうも泥酔してたってことか？　聞いた話を合わせていくと、ふられた直後で自棄になってたってのかって気もするしな」

「なんだ、あいつも自棄だったのかよ。しかもふられたって…。どこのどいつだ。何様だ。あいつをふるなんて贅沢《ぜいたく》な」

二人は途中の店で買い込んだビールとつまみを出して、ラグにローテーブルしか置かれていないリビングで話を進めた。

不思議なもので、一条も一度口火を切ると躊躇いなく胸のうちを晒すことができた。ちょうど黒河が隆也と元彼の関係を理解していたこともあり、話も至ってスムーズだ。

「理由はよくわからないが、それは当事者同士が納得してればいいことだろう。ま、相手のほうは後悔して泣き暮れてたけどな」

「同情の余地ねぇな。そもそもそいつが、そんな馬鹿なことをしなければ、俺だってこんなことにはならなかった」

「そうか？　それとこれとは別だろう」

理解がありすぎると言ってしまえばそれまでだったが、一条がこんなにもすんなり話ができたのは、何を聞いても顔色一つ変えない黒河のおかげだった。

「なんだと」

「だって、これが初めてじゃないんだろう。実際のところ甥っ子と絡んだのは」

「…っ」

逆に一条の顔色のほうが変わっていくぐらいで、口をつけたままビールも飲めないほどだ。

「それがいつなのかは知らねぇけど、少なくとも〝前〟があった。ってことは、これがなかったとしても、いずれは似たようなことが起こったかもしれないじゃないか」

「そんなこと――――。あるはずないだろう。あっちゃいけないことだ」

言葉は悪いが、やはり他人事だと一条は思った。これは黒河に理解があるというよりは、他人事だから言えるんだ。そうでなければこんなこと――――真顔では言えるはずがないと。

「うーん。俺にはそういうややこしい経験がないから、お前の気持ちはわからねぇよ。けど、自分に嘘をついたり、言い訳はするなよ。お前は誰より自分に正直な男のはずだ。少なくとも俺の記憶ではそう認識をしてる。だから、何年会わなくても信じられる。友人としても、一生を捧げるつもりで医学を学んだ同志としてもな」

しかし黒河は、ここでもわからないことはわからないときっぱり言ってきた。その上でニヤリと笑って飲み干した缶を握り潰し、真っ直《す》ぐに一条を見つめてきた。

自然と胸が熱くなる。手にした缶をテーブルに置いて、一条は照れくさそうに前髪をかき上げた。

「ふっ。この場に学生当時の取り巻き連中がいたら、嫉妬で殺されそうな台詞だな」

「ごまかすなよ」

それを見た黒河がムッとする。

「ごまかしてるわけじゃない。ただ、思い出したんだよ。俺たちの学年で有名だったのは、白石だけじゃない。医学部だけで言うならダントツ黒河療治だったなって。何せ、専門が違う俺でさえ、お前の名前と顔は一致していたぐらいだ。んと、学生の頃から教授回診の大名行列みたいだったもんな、お前を中心とした取り巻き連中が廊下を歩いてると」

一条の脳裏には、キャンパスの廊下を天下人のように歩く黒河の姿が浮かんでいた。

大概は学部の違う白石と朱雀が黒河の左右を陣取っていたが、そうでないときの陣取り合戦は大変だった。左右はおろか、後ろの三人につくことさえ、先を争う者が跡を絶たない。名残惜しげについて歩く学生が次第に増えて、長いときなどクラス移動かと思ったほどだ。

「ようは、迷惑な行列だったんだろう。そのときに言えよ。お前も人が悪いな、今になって。言ってくれたら一人で歩くようにしたのに」

もっとも、先頭を切っていた黒河自身は、無自覚もいいところだ。おそらくは、みんな移動するのに連れ立ってるんだなぐらいの感覚しかなく、背後でどれほど羨望《せんぼう》の眼差しを向けていた者がいたのかわかっていないだろう。今でも新しいビールを開けながら、本気でこんなことを言っているのだから。

「お前が一人で歩いたところで、数秒後には同じことになってるよ。あの行列に加われることは当時の医学部生たちにとって、最高のステイタスだった。なのに、加わる気のない俺がお前から声をかけられるもんだから、背後の奴らにはいつも嫉妬をむき出しにされた。付属からの持ち上がりでもないのに、他科の一条が我らがヒーローとどんな関係なんだよって。まさか、実習室の神聖な分娩台に白石を括りつけて遊んでたのを俺が目撃、ふざけんなって喧嘩になった挙げ句に意気投合なんて誰も想像しないだろうからさ」

一条は、懐かしそうに話しながら、そういえば何度となく優越感を味わったなと思い出し笑いをした。それほど黒河は逸脱した存在だった。主席としても、一人の人間、また男としても。

「それって、とことん俺が最悪だって言いたいのか？　それとも、今も昔もお前の喧嘩っ早さは変わらないって実証してるだけか？　そういや、出合い頭からお前には殴られたんだよな、利き手の右で。まぁ、最初のは俺が悪いけどよ」

「そうだな。間違っても白石が悪いことはないもんな。あいつはどう見たって被害者だ」

今こうして、一緒に酒を飲んでいるだけでも、昔のような優越感をくれる。そういう意味では東都医大においても、黒河は逸脱した存在だ。外科部のエースとしてだけではなく、人柄そのものが彼を凡人ではいさせないのだろう。

「――――で、そんな頃から気にかけて大事にしてきた甥っ子なんだろう。なのに、どうして自分の気持ちに嘘をつく？」

「話を戻すなよ」

「お前が故意に逸らすからだよ。ま、言いたくなければいいけど」

しかし、話の流れの中で黒河は、一条に対して妙な顔を見せた。これまで一度として見せたことのない不満そうな、それでいてなぜか嫉妬さえちらつかせた〝ふて腐れた〟ような表情だ。

「結局お前は、昔から隆也のことだけは朱音にしか話さなかったしな。過保護な話だったから、朱音のほうが話しやすかったのもあるだろうけど…。でも俺は、これに関しては朱音からしか聞いたことがない。だから一年も前から隆也と会ってたのに、お前の甥っ子だとは思わなかった。一条って名字にさえ全然ピンとこなくて…。ちっ」

しかしその意味は、すぐに黒河本人から明かされた。

黒河にしてみれば、一条との距離は白石よりも自分のほうが近かった。出合い頭から殴り合いの喧嘩をした挙げ句に和解した仲だ。それに同じ医学部に籍を置き、命の尊さを語り合った時間だけを言うなら、断然自分のほうが長い。もともと群れるのが嫌いな一条は、特別に親しいと思える者もいなくて。それなのに、そう思うと単純におもしろくなかったのだろう。黒河は、開けたばかりの缶ビールを一気に飲み干すと、ますますむすっとした顔を見せる。

が、これだから周りは、一度惹かれると離れられないのだ。黒河の人懐っこさは一種の罪だ。

自分だって白石にしか話さないことは山ほどあるだろうに、この年になってまで堂々とふて腐れるところは、素直に生きられない人間にとっては魅力だ。とても真似できない部分だ。

「お前に話さなかったのは、隆也に興味を持たれたくなかったからだよ」

一条は、しょうがねぇなとばかりに、そっぽを向いた。

白石に話して黒河に話せなかった理由を、初めて明かした。

「――いや、正しくは隆也がお前に興味を持つのがいやだった。だから俺はあいつにお前の話をしたことがない。それどころか、他の仲間や友人にも紹介したことが一度もない」

蓋を開けてみれば、簡単なことだ。こう言っては失礼だが、一条はたとえ隆也が白石に惹かれることがあっても、それが恋に発展するとは思っていなかった。当時の白石は欲情よりも慈愛を誘うタイプだったし、襲われることはあっても襲うほうには見えなかった。それこそ手当たり次第食い散らかしていた黒河のような危険性はまったくなくて、一条も安心して相談ができたのだ。

うちの甥が可愛すぎて、狙われたらどうしよう――と!!

「大事なものは隠しておくタイプってやつか。ま、わからないでもない心理だけどな」

引っかかっていたことのすべてが納得できたのか、黒河の声がとたんに弾んだ。

なんて正直な奴だろう。一条は笑うしかない。

「同じこと言うんだな」

「ん?」

「白石も言ってたよ。ただ、実際は隠しきれないって。隠したい相手が魅力的すぎて周りが放っておかないから、どうにもできないって。あれ、お前のことを言ってたんだな。今、お前が白石を思って、俺に同意したみたいに」

「一条…」

それでも、こうも正直な心に触れると、自分ももっと――――という気になる。

「ま、なんにしたって俺が悪いんだよ。これに関しては、全部俺の弱さが原因だ。この前も、最初のときも…」

一条は手にした缶ビールを握りしめ、懺悔《ざんげ》でもするように過去の過ちについて話し始めた。

「一度目は、十年前だった。そのとき俺は、初めてこの手で堕胎をした。オーベンから〝これも産科医にとっては大事な仕事だ〟〝ときには母胎や本人の人生を守るために必要な医療だ〟って言われたけど、駄目だな…俺は。産科医失格だ。どんなに過酷な仕事量でもこなせるが、堕胎は駄目だ。流産の処置やこの前みたいな子宮摘出でもきついのに、本当に駄目なんだよ」

最初は産科医としての泣き言からだった。

苦笑しか浮かばない一条の告白に、黒河は黙って聞き入っていた。

その様子から一条は、黒河が医師として弱音を吐いた自分を、叱咤することはないと察した。むしろ俺にはわからない苦悩だけに申し訳ないという表情さえ浮かべていたから、話し続けることもできた。

「もちろん、そんなことは言ってられないから、やるにはやる。中には意に沿わない妊娠させられる場合もあるし、どう頑張っても、たとえ生まれても、この子は生きられないだろうってわかっていることもあるし。なのに、俺が辛いって顔に出したら、患者はもっと辛くなる。自分を責める。だから平然と、淡々と、できれば優しさと労《いたわ》りを意識して、悲劇を最小限度にとどめるためにこの手でやる」

正直言ってしまえば、一条が産科医を目指したときは〝生命の誕生を手伝う仕事だ〟という意識しかなかった。そしてその道を進むために学業に励んだときも、いかに危機に陥った生命を救うかという部分に意識がいっており、堕胎に関しては頭で理解はできても、感情では理解できていなかった。

それこそ納得するなど論外で、だからこそ現実に起こったとき、一条は初めて産科医を選択した自分に後悔を覚えた。

百度の誕生を見守る感動さえ、一度の堕胎が与えた衝撃には敵《かな》わなかったのだ。

「それでも、最初のときだけは正気ではいられなかった。とにかく飲まなきゃ、いや、飲んでもいられなかったな。俺はこの手で生まれるはずの命を…、そう思うとやりきれなくて。あの夜は浴びるほど酒を飲んだ。いっそこのまま、死んじまってもいいって思うぐらい、何もかもがどうしようもなくいやになってたんだ」

おそらく、医師の中でも産科を専門にする者が少ないのは、こんな事情もあるだろう。

どんなに使命感を持ってしても、自分ではやりきれない。そう考えれば、他科を選択することは自然な成り行きだ。誰だって仕事には全力でぶつかりたい。人の命を預かる職業だけに、一片の迷いも欲しくはないのは当然だろう。

「そんなときに、隆也が学校から戻ってきたんだよ。ちょうど週末で帰省してきたんだ」

しかし一条が、そんな医師としての迷宮に初めて陥ったときに、現れたのが隆也だった。

〝隆徳兄ちゃん！〟

月明かりだけが差し込むリビングで、隆也は泥酔した一条を見て悲鳴を上げた。

もしかしたら死ぬ間際の父親と被るものがあったのかもしれないが、ソファで倒れていた一条に息があるとわかると、すごくホッとしたようだった。

〝――――そんな。悪くないよ。隆徳兄ちゃんは悪くない。一生懸命に仕事をしただけだよ。それに、俺だけは隆徳兄ちゃんの味方だよ。絶対に責めたりしないよ。自慢だし、誇りだし、だからそんなに悲しまないで。自分を、責めないでよ〟

その後は事情を聞くと、酔った一条を抱きしめて必死に励ましてきた。

〝うるさい！　お前みたいな子供に何がわかるんだ〟

しかし一条は、隆也に行き場のない思いをぶつけてしまった。それどころか何かが自分の中で壊れてしまい、華奢な身体を抱き返すだけではなく、衝動的に組み敷き、そのまま唇を奪ってしまったのだ。

〝――――っ、隆徳…兄ちゃん〟

〝本当に慰める気があるなら、なんでもできるだろう〟

〝兄ちゃんっ…っ〟

ただ、酔った一条が朧げに覚えていたのは、ここまでだった。

その先は罪悪感からか、想像さえできずにいた。

〝っ…なんてこと〟

しかし一条は、朝方目にした光景からすべてを悟った。

散乱した衣類、ソファァで重なり合うようにして眠ってしまった全裸の二人、何より真っ白なムートンのソファ敷に散った血痕《けっこん》。今でもはっきりと思い出せるのは、それを目の当たりにしたときの凍りつくような、そして心臓が締めつけられるような罪悪感、それればかりだ。

「どうして、そこでそうなったのか…。衝動としか言いようがない。ただ、俺は俺の何もかもを隆也にぶつけた。純真無垢なあいつを汚して…。それなのに、翌朝あいつは俺を責めるどころか〝好きだ〟って言うんだ。ひどい、人でなしって憎んで当然だろうに、嬉しかったたって。ずっと俺のことが好きだったたって。泣きながら、涙をぽろぽろこぼしながら、笑って言うんだ」

一条が隆也から「好き」と言われて恐怖したのは、このときが初めてだ。

それまでどれほど「好きだ」と交わし合ったかわからない。言葉も思いも数えきれないほど交わしたはずなのに、それが喜びではなく底知れぬ苦悩に変わったのは、このときからだ。

「俺は、余計に現実が怖くなって、あいつにそんな気持ちは忘れろって言った。そうでなければ俺を憎めって。昨夜の俺は誰でもよかった。お前だから抱いたわけじゃないって、あいつの心も身体も傷つけた」

一条は、すべてを明かしたあとに黒河から激怒されることを望んでいた。

「なのにあいつは、俺を責めない。今も昔も好きだとしか言わない。そのくせ、同じ道を歩まずにあいつは黒衣を纏うことを選んだ。そんな形で報復するなら、直接俺を詰《なじ》ればいいのに。責めればいいのに、隆也は兄貴の跡を継いではくれなかった」

隆也が責めてくれないのなら、代わりにお前が責めろ。俺を詰り、罵《ののし》れとさえ願っていた。

「それは、死んだ親父より生きてるお前のほうが何倍も大事で、何倍も好きで、自分が守ってやりたいと思ったからじゃねぇのか」

「────？」

しかし、一条の願いは叶わなかった。

「当たり前のことだが、生命には誕生があれば死もある。そしてお前が、医者のくせして〝死〟に打たれ弱いのがわかったから、隆也は白衣より黒衣を着ることを選んだんじゃないのか？」

それどころか、黒河が肩を持ったのは隆也の思いのほうだった。

同じ責めるにしても質が違う。黒河が一条に疑問を投げかけたのは、どうして隆也の気持ちを理解してやらない、そうまでして頑《かたく》なに拒むんだということだった。

「お前、朱雀の葬儀を見て何も感じなかったのか。あいつ、立派な仕事をしてただろう」

「朱雀の葬儀に、隆也がいたのか？」

「…あ、そうか。お前はあのとき重症患者を抱えてたから、身動き取れなかったんだっけ」

一条は、自分の知らない隆也を黒河が知っていることに、複雑な気持ちが芽生えるのを隠せなかった。

「申し訳ないが、あとから線香あげに行った。見舞いに行ったときに、何があっても目の前の患者を優先しろ、それが自分への供養だって言われてたから……」

「ま、そのあたりはみんな同じことを言うわな。お前は医者なんだから、今生きてる患者を優先しろ、助けられる命を優先しろって。俺も言われたし」

今となってはどうすることもできない話だが、隆也が朱雀の葬儀でどんな仕事をしていたのか、気にならないと言えば嘘になる。

それでも一条の脳裏には、〝俺もお父さんみたいなお医者さんになる〟と、目を輝かせていた幼い隆也が焼きついていた。〝いずれ兄ちゃんを追いかけて、医学部に入るんだ〟と無邪気に笑っていた顔も――――。

「でもな、それでもどうにもならなかったときには、俺たちの仕事はそこまでだ。俺たちから命のバトンを受け取るのは、結局隆也のような仕事じゃないのか？」

同じ道を行くと信じていた隆也が道を変えたと知ったときの衝撃は、一条にとって計り知れないものがあった。とてもではないが、黒河の言うようには思えなかった。自分が隆也の道をねじ曲げた、あんなことさえしなければとしか、罪悪感に駆られた一条には考えられなかったのだ。

そしてそれは今、この場でも言えることであって――――。たとえ黒河の言うのももっともだ、一理あるとは感じていても、それを素直に受け入れられるぐらいならこんなに苦悩はしていない。懺悔してなお、迷宮をさまようこともないだろう。

「とはいっても、俺はお前じゃないからな。何が正しい、これが正義だろうとは言えない。朱音とも近親じゃないし、お前が抱える苦悩の核心が俺には想像がつかない。それに、俺には甥っ子どころか肉親が一人もいないしな」

それでも黒河にも黒河なりの苦悩がある。一条にはわからない、幼くして天涯孤独の身となった自分と向き合い、闘っただろう日々がある。

『黒河――――』

人の痛みや思いに基準はない。どこにどんな痛みを覚え、苦悩するかは人それぞれだ。

それがわかっているから、黒河は絶対に「こうだ」という意見をしてこない。疑問や感想は口にするが、一条が求めたような叱責《しっせき》はしてこない。

「ただ、こう言っちゃ悪いが、お前より隆也の気持ちのほうがわかるのは確かだな」

それでも気持ちは完全に隆也寄りだと、笑って言ってきた。

「何⁉」

「俺は、欲しかったものが目の前にぶら下がったら、どんな禁を犯しても手に入れる。無理だと思っていたものならなおのこと、たとえ相手の弱みにつけ込んでも、悪魔に魂を売っても自分のものにする」

これはこれで彼の強さであり、潔さであり、一条が惹かれてやまない要素だ。

「しょせん、最後の最後は朱音だけがいればいいって男だ。世界でたった一人しか救えないって言われたら、朱音しか助けない。他を考える余地もない。そういう心の狭い男だからな」

こんなふうに言ってもらえる白石は幸せだと、一条は思った。

同じように自分も言えたら、果たして隆也も幸せなんだろうかとも考えてみた。

「覚えとくよ。何かあったら、俺は見殺しにされるって」

しかし一条の答えは、いまだにノーだった。愛してやまない、大切でならないというならば一条も、黒河の白石への愛に負けないものがある。

隆也のためなら迷うことなく命も投げ出せるし、どんなことでもするだろう。ただその〝愛し方〟が、もはや隆也の求めるものではなくなってしまっただけで、一条が隆也を愛しているのは紛れもない事実だ。この思いが変わったこと、途切れたことは一度もない。

「その代わり、俺も見殺しにされると思うぞ。お前からは絶対に」

黒河は、一条の思いがどれほどなのか理解した上で、最後まで笑ってビールを飲み続けた。

「それでも恨みっこなしだ。だから一生付き合える。俺は、そう信じる」

言葉の端々に、今以上の後悔だけはするなよと含んでいたが、決して一条の過ちがどうとは口にしなかった。

「とはいえ、物騒な話や複雑に入り組んだ感情論はさておき、問題は出張ホストだよな。彼氏不在のときだけのバイトかもしれないが、さすがにそれは辞めさせないとな」

一条は、また黒河に心を軽くしてもらったなと、感謝した。

「あ、いっそ俺が辞めるように直談判するか。会って説得するから、そのクラブの連絡先教えろよ。この際客として潜り込んで、俺が寝技で隆也を説得…っ」

だからこそ、わざとらしく黒河が煽《あお》ってくると、遠慮はしなかった。一条は手にしたビールを黒河に向けてぶちまけた。

「ふざけるなっ。何が寝技だ。お前にだけは絶対に教えないし、勝手に会わせない。誰が危険度マックスの男になんか…っ!!」

そして同じようにぶちまけられて、二人は日の暮れる前からビールを浴び合った。

「だったら自分でどうにかするんだな。互いの身体に相手の存在が残ってるうちに。いや、心に存在が残ってるうちに」

最後の最後まで、酒のつまみにされたのは一条のほうだったが——。

＊＊＊

一方隆也は、予定より早めに外回りを終えたことから会社に戻っていた。

『はぁ。よりにもよって、叔父貴が黒河先生を殴るなんて。しかもなんなんだよ、あの親しげな態度。二人の仲がいいなんて、聞いたこともなかった。専門も全然違うし、あれって昨日今日の仲じゃないよな?　どう見ても学生時代の延長っぽいし…』

どうにか体面だけは守って顧客とも会ってきたが、帰社したとたんに力尽きた。

無人の給湯室に入ると、気付けにお茶でもとお湯を沸かす。その間も、脳裏を横切るのは一条と黒河のことばかりで困ってしまった。特に一条が黒河を利き手で殴ったことには驚いたし慌てたし、確実に寿命が縮んだと感じる衝撃だった。どんなときでも有段者の一条が素人に手を出すことは滅多にない。出しても利き手は必ず避けるし、それは習慣のようなものだ。

しかし、そんな判断さえできずに黒河を殴ったことに、隆也は黒河への謝罪と同じぐらいの喜悦を覚えた。さすがにあの場でそんな余裕はなかったが、あとから激憤した一条の姿を思い出すと、込み上げてくるものが抑えきれなかったのだ。たとえ一条の〝こいつを守る〟という感情に叔父としての愛しかなくても、黒河に向けられた怒りの中に保護者としての使命感しかなくても、隆也にとっては貴重な喜悦でしかなかった。道を分けたところから血縁関係さえ歪めてしまったが、それでもいまだに一条の中では隆也が愛し守るべく者として存在している。それは変わってなかったとわかり、胸が熱くなるばかりで。

『でも、それを言ったら俺は叔父貴の交友関係はほとんど知らない。知ってるとすれば、何度か一緒にいるのを見かけたことがある、あの綺麗な人ぐらいで…』

ただし、その熱の中には明らかに嫉妬とわかる情も込められていた。

自分を友人に紹介してくれたことがない一条の気持ちがわからないだけに、隆也は一条と対等に喧嘩をしていた黒河にさえ、今では嫉妬を感じていた。それが過去とはいえ、肩を並べて笑顔を向けられていた相手ならば、なおのこと。隆也は一条が大学時代によく連れ立っていた相手を思い出して、唇を噛んだ。

火にかけたケトルがピーピーと音を立てているのさえ気づかないまま、ぼんやりとした。と、それに気づいたのだろう、通りすがりの稲葉が部屋へ入ってくると火を止めた。

「どうした、隆也。またふられたのか？」

「え⁉」

「そういう顔は仕事じゃ絶対にしないからな、お前は」

「社長…」

隆也は稲葉に声をかけられて、ようやくケトルに目がいった。動揺するうちに、お茶は稲葉が淹《い》れてくれて、申し訳なさから頭を下げる。

「それにしたって懲りない奴だよな。そもそも見る目がなさすぎるんじゃないのか？　俺が知る限り、一年もった相手がいないじゃないか」

お茶を差し出す稲葉が、ふざけた口調で言ってきた。

「この期に及んで、どんなセクハラなんですか？」

「これはセクハラじゃなくて、正真正銘の告白だな。ん。いっそ俺にしないか、次は」

「はい？」

あまりに気軽に、しかも笑顔で言われてしまい、隆也は差し出された湯呑みが受け取れない。

すると、稲葉は手にした湯呑みをシンクに置いて、改めて向き直った。

「俺は自他共に認める仕事馬鹿だから、お前が望むようには構ってやれないかもしれない。けど、代わりに多少放置されていても、ふて腐れたり怒ったりすることもない。ようは、俺もこれが理由で、何度か相手に逃げられてきた。それが面倒でしばらく付き合う気にならなかったんだが、似たもの同士ならうまくいくんじゃないかと思って」

「社長」

どうやら冗談の類《たぐい》ではないらしい。隆也はただ戸惑う。

「俺はお前の好みじゃないか？」

客観的に見ても、稲葉は非の打ちどころがない男だった。青年実業家としても日比谷葬祭のトップとしても、常に結果を出し続ける理想的なリーダーだ。その上容姿端麗なのは言うまでもなく、利発的で知性や教養もあって、何より慈悲深い。社内どころか得意先にまで彼を射止めようと躍起になっている女性は跡を絶たないし、密《ひそ》かに焦がれる男性社員がいることも、隆也はずいぶん前から気づいている。ただ、稲葉が同性を口説くとは思っていなかったが――。

「好みとか好みじゃないとかは別として、俺…好きな人がいるんで」

好きか嫌いかと聞かれれば、隆也は稲葉が好きだった。恋愛相手としては意識したことがなかったが、それを言うなら初めから一条以外は意識したことがない。相手に意識が芽生えるのはこうして告白されてからで、それはこの十年まったくと言っていいほど変わっていない。

「好きな人⁉」

「はい。どうにもならない相手だから、付き合えないだけで…。でも、どうしても好きだから、それ以上誰かを好きになれる自信がないんです」

そして、告白されるたびに隆也は同じ台詞を並べてきた。

嘘も隠しもなく正直に伝える。これが隆也にとっては、自分に好意を寄せてくれた相手に対して示せる、最大の礼儀だ。

「みんな最初はそれでいいって言うんですよ。でも、最後は永遠に二番なんていやだって…。どんなに愛し合っても、いつも心の隅に別の誰かがいるのは辛いって」

「だから俺もそうなるって言いたいのか？」

隆也に対して十人中十人が、稲葉と同じ返事をしてきた。

「断言はしませんけど…、そうならない保証もないでしょう」

「なら、今度は俺が、その別れていった奴らと、お前に同じことを言わせてやるよ」

「同じこと⁉」

「いつも仕事の次だなんていやだって。たまには忘れて、自分のことだけでいっぱいにしてくれって。それならお互い様だって言えるだろう」

これまでの相手よりは、かなり強気だったが、それでも決意のほどに大差はない。しいて違いを挙げるなら、稲葉だけが医者ではない。隆也と同業者で、しかも同じ社内の人間であり、トップに立つ上司だ。

「それが言えるようになるまで、お前を俺に夢中にさせるまで、俺は二番目でも甘んじる」

「そんな、馬鹿な。ずるいですよ。俺だって仕事は好きだし、仕事している社長も好きです。尊敬もしてるし、けど…、比べるものが違うでしょう」

「そんなものは付き合ううちに、一緒くたになってくるさ。いずれお互い、どうでもよくなってくる」

稲葉は戸惑う隆也に両腕を伸ばすと、力強く腕を握りしめてきた。

「とりあえずフリーそうだから口説いてみたって感じのわりには、強引ですね」

「実はずいぶん前からこのときを待っていた。お前、別れたなと思っても、すぐに新しいのができるから、いつも空振りで」

今にも抱きしめられるかと思うほどの強さ。だが、稲葉は腕を摑んだだけで、それ以上はしてこない。

「でも、社内恋愛って、実際どうなんですか？」

「さあ。したことがないからわからないな」

強引な口説き文句に自信に満ちた笑顔とのギャップが、不思議な魅力として隆也の目には映った。

「駄目になったら、俺は退職しなきゃならない」

「それとこれとは話が別だ。言っただろう、俺は仕事が第一の男だって。それに誰が辞めさせるか、こんな凄腕の社員を」

付き合ったところで、結局これまでと同じような結果になるかもしれない。不安がないと言えば嘘になる。むしろ、こんな調子で付き合い始めるから、終わるときもあっさりしてしまうのかもしれないし、隆也は流されやすい自分から正す必要も感じていた。

「とにかく、仕事が終わったら飯でも。付き合う付き合わないはあとで決めていい。ただ、お前がフリーになるタイミングと、この言葉が言える友引《ともびき》が重なるのをずっと待ってた俺にも、一度ぐらいはチャンスをくれ。プライベートで話せる機会が、なかなかないしな」

しかし稲葉は、駄目なら駄目でもいいから、会社を離れて話す機会が欲しいと願ってきた。それも同業者でなければ出てこないだろう、誘い文句で。

「そう言われたら、断れないじゃないですか。んな、友引狙いだなんて…」

隆也は、食事だけならと承諾した。今時だけに、仏滅《ぶつめつ》に結婚式を挙げるカップルは増えているが、それでも友引に通夜を出す喪主はほとんどいない。これは六曜《ろくよう》の考え方に基づくことなので、実際仏教とは関係がない。なので、大安《たいあん》でも友引でも通夜や告別式が行える。が、友引には〝友を招く〟という意味があるので、やはり死者と共に、友を天に招くようなことがあってはならないと、避ける習慣が残っている。そしてその名残か、昔から火葬場がこの日を休日にしていることが多いために、日をずらさざるを得ないのも一つの原因だ。

そんな事情もあって、隆也たちのような仕事をしていると、休日の取り方やアフターの過ごし方も一般企業の勤め人たちとは違ってくる。社内で一、二を争うぐらい多忙な二人ならなおのこと、稲葉がこの機会を逃してなるものかと躍起になったのも、こういった事情だ。

『友引のデートか…。いちいち説明しなくてもいいって、意外に楽だな』

だが、稲葉の押しが効いたのか、隆也は稲葉と初めて過ごすプライベートな時間に思いがけない利点を感じた。

『お互いの予定をやりとりする楽しみはないけど、代わりに今夜は通夜が何件続くから…なんていう、不謹慎なことも言わされずにすむ』

もともと稲葉の人柄がいいのはわかっていた。仕事に対する価値観も似ており、何かと相性がいいのもこれまでの積み重ねで実証されている。

大卒か中途採用しか取っていなかった日比谷葬祭が、隆也の希望で面接を実行してくれたのも、稲葉の手配であり采配《さいはい》だ。基本的な理念や仕事の内容で戸惑うたびに、それとなく助言をくれたのも稲葉で、そういう意味でも隆也にとって稲葉は社会に出てからの恩師だ。彼を好きになる要素はあっても、嫌いになれるものが一つもない。

その上で、職場を離れても変な気遣いがいらなくて話はツーカー。幅は狭いが、その分深いが、これはお互い仕事馬鹿を自覚しているだけに、心地のよいだけの会話になる。

そして、極めつけがこれだった。

「あ、ロック一つ追加。お前は？」

「じゃ、ハイボールで」

最初で最後かもしれない二人きりでの時間、稲葉が誘ってくれたのは気取りなく食事や酒が楽しめるダイニングバー。ここぞとばかりに気合を入れてくるのかと思いきや、そうではなかった。

「〆《しめ》に何か食べるか？」

「社長は？」

さすがに同僚と来て騒ぐような店ではなかったが、デートと考えたらかなりお手軽で、隆也に変なプレッシャーを与えない店だ。

「お前…って言いたいところだが、今夜は焼きおにぎりにでもしておくよ」

「――――…っ」

そうは言っても、目的を歪めることはなく、適当なところで「付き合ってほしい」とはアプローチされたが、それでも彼ならきっと「ごめんなさい」と言っても「そっか」ですませてくれる。

「じゃ、次は仕事で」と言って、この話は終わらせてくれる。そういう気遣いや切り替えのよさが感じられて、隆也はますます困った。

「どうだ。次も誘って構わないか？」

「っ…、はい」

「そっか。よかった」

結局誘われるまま三時間ほど一緒に過ごしたが、隆也は稲葉からの誘いを断る理由が見つけられなかった。だから付き合う、恋人としての関係を築いていくのはどうかと思うが、隆也が自らの意志で挑むのは一条しかいないので、それ以外の付き合い始めはいつもこんな感じだ。

相手の思いを受け止めることから入って、相手をいっそう知っていく。そして、こういう付き合いが本来は望ましい恋愛の形なんだろうと納得し始めた頃に、なぜかふられてしまう。

むしろ相手から一番だの二番だのと聞かれなければそれなりに続くと思うのに、どうしてか相手が隆也の心から一条を抹殺しにかかるものだから、隆也は別れを繰り返す羽目になる。

「――やっぱり、このまま帰したくないって言ったら幻滅されるか」

「いえ。正直だなって思うだけですけど。むしろ、それで〝いいですよ〟って言ったら、俺のほうが軽いなって思われるだけでしょう」

誰かと付き合いを繰り返し、自分の中にある空洞を満たしていこうとする。

「いや。俺の魅力が勝ったなって胸を張るだけだ」

「ぷっ」

そうして今夜も、家まで送ってもらうつもりで乗った稲葉の車は、途中で方向を変えていた。

稲葉は隆也を自分が一人で暮らす六本木《ろっぽんぎ》のマンションへ連れて行くと、部屋まで案内しながら初めて隆也の手に触れてきた。

『え？』

エレベーターから自室までの数分間、稲葉は隆也の手を引く形で一歩前を歩いていた。

「初めて面接で会ったとき、お前はまだ高校生だった。俺は一人っ子だし、一応付き合ってる相手もいたから、弟がいたらこんな感じなのかなって、単純に思ってた」

それは出会った当時の距離感や思いを表しているようだった。

『…社長』

「でも、そのうちそういう感覚ではいられなくなった。自分がフリーになって、でもお前には恋人がいるって気づいて。しかも、何がどうしてうまくいかないんだか、ひっきりなしに相手が変わってるって気づいたとき、俺なら別れないのにって。お前もお前の仕事もちゃんと理解して、ずっと大事にしてやれるのにって、思うようになっていた」

部屋へ入るとその手はほどかれ、隆也の背中に回された。

この瞬間を待っていたとわかる熱い抱擁が、隆也を包んで束縛していく。

「好きだ。隆也」

電気さえ点《つ》けていないリビングで唇を奪われた。

『社長…』

これまでとは違う何かを感じ、隆也は手にしたバッグを床に落として両手を稲葉の背中に回そうとした。が、スーツのポケットに入った携帯電話が鳴ったのは、そのときだった。

「っ！」

隆也の身体がびくりと震えた。着信の音から相手が店で知り合った友人であることが、すぐにわかった。

「出るな。今は、気にするな」

それだけに隆也は、無性に胸騒ぎがした。

「すみません…。そういうわけには。何かあったのかもしれないので」

店で知り合った友人たちは、相手の世間体を気にしているのか、普段メールしか使わない。過去にかかってきたことも数えるほどしかなく、電話がかかってくるときは間違いなく緊急事態、それも生き死ににかかわっての「どうしよう」「助けて」ばかりだったからだ。

「もしもし。あ、トモ。どうした⁉　何かあったのか」

電話に出た瞬間、相手がトモだとわかって、隆也はいっそう緊張した。先日の話もあっただけに、変なお客でも当てられて、アレルギー発作でも起こしたのかと想像してしまったからだ。

〝おら。出たら代われ〟

〝なんだよ。俺が聞くって言っただろう〟

〝お前は側で聞いてりゃいいだろう。誰が嘘なんかつくもんか。いいから、代われって〟

〝ふざけんなよっ、このおっさん！〟

すると、電話口で口論している男たちの声に、隆也は「え⁉」と漏らした。

〝隆也か、俺だ。悪いが今すぐ来てくれないか。話がある。ってか、お前が来ないとこいつが朝まで帰してくれねぇ。俺を助けると思って今すぐ出てこ――――て、触るなっ‼〟

奪い合っているのだろう携帯電話から聞こえてきたのは、なぜか一条からのSOS。トモと一緒にいるということは、隆也に会うつもりで呼んだのだろうが、実際来たのはトモで、明らかな人違いだ。なのに自分が行かなければ朝までトモに拘束されるとは、どういうことだろうか⁉

「わかった。わかったから、すぐに行くから場所をメールしといて‼　じゃあ、あとで」

隆也はすぐに向かうことを承知し、電話を切った。

「すみません。叔父からでした。急用みたいで」

稲葉に対して、申し訳ないのは百も承知だったが、胸騒ぎが止まらない。

一条がトモの出現に困っているのは手に取るようにわかったが、トモが何を考えて、大嫌いなはずの医者の呼び出しに応じたのかがわからない。医者とはいえ今夜は酔ってないから、なんて理由でないことは確かだろう。考えられるとすれば、前回身代わりで一条と会った隆也を思っての行動だろうが、それがどうして〝朝まで帰さない〟に発展するのかが理解不能だ。

「それって昔、進路が原因で喧嘩別れしたって叔父さんのことか？　産科医をやってるっていう」

ただならぬ隆也の慌てぶりに、稲葉も今夜は諦めた。

「はい。とにかく、急用みたいで」

「そっか。それなら行かないとな。仲直りできるきっかけになるかもしれないし。よし、送っていくよ」

こんなときに隆也を引き留めるほど稲葉は無粋な男ではないが、物わかりがよすぎて罪悪感を誘ったのも確かだった。

「いえ、そこまでは。とにかく、すみません。今夜はごちそうさまでした」

隆也が向かおうとしているのは、一番好きな相手だ。たとえ恋人にはなれなくても、一番恋して愛していると自覚する男のもとだ。

「いいから、気をつけて行けよ。なんなら用事がすんだあとに戻ってくるのもありだから」

「はい」

隆也は、あまりのタイミングのよさに、何か運命的なものを感じずにはいられなかった。

『ごめんなさい、社長。でも――俺は』

それほど稲葉は、これまで付き合ってきた男たちとは何かが違った。付き合い始めたら、意外に長く続きそうな気がした。今度こそ隆也の中から一条を追い出してくれそうな、隆也の中で一番になってくれそうな、そんな男だったから、ここで引き留められたことに隆也は、これまでにはなかった期待が芽生えた。

トモのことも気にかかったが、それ以上に一条から会いに来てくれた事実に、いつしか胸騒ぎの意味さえ変わっていった。

しかし、隆也が呼び出されたホテルの一室に到着して、トモに一条が叔父であることを説明して帰ってもらうと、その後は期待のすべてを裏切られた。

「最悪っ。こんな時間に人を呼び出しといて、〝ホストは辞めろ〟って。なんなんだよ。しかも来なかったら、このままトモと朝までいることになるって…。人の弱みにつけ込むような嘘までついて、大概にしろよ」

「嘘なんかついてねぇよ。こっちだって慌てたんだぞ。お前だと思って指名かけて呼んだら、別の子が現れるし。お前とは二度と会わせないとか、駄目だとか言って、いきなり押し倒されて。お前の叔父だって説明して、やっと落ち着いてもらって。それでも〝嘘だったら困るから〟って携帯番号は教えてくれないし、今夜はタダでいいから二度と隆也に興味持つなとか言われるし」

ある意味、運命的だと感じたのは当たっていたのかもしれない。

隆也は今夜、一条が自分に会いたがった理由が理由だっただけに、もういい加減に諦めろ、思うだけ無駄だと教えられているような気になったのだから。

「とにかく！　金や生活に困ってるわけじゃないんだろう？　黒河から聞いたぞ。お前、日比谷葬祭じゃ営業から執行、アフターケアまで一手に扱ってる稼ぎ頭だって。葬儀業界じゃちょっとした有名人で、いつでも独立できるぐらい顧客も持ってるっていうじゃないか」

部屋で言い合うも埒《らち》が明かない。どんなに隆也が愛したところで、一条の愛は叔父としてのものだ。決して一人の男のものにはならないし、これまでの相手や稲葉のように、隆也のすべてを欲し、また自分のすべてを与えてくれるような愛し方はしてくれない。

「なんの関係があるんだよ。金や生活には困ってないけど、セックス相手に困ることはあるんだよ。そんなのお互い様だろう。だいたい俺との関係を変えられないなら、ほっといてくれって言ったのに、こんなときだけ叔父貴面《づら》するなって。クラブにしたって、自分が利用者のくせして、よく懲りずに説教するよな」

こうして口論になっても、はっきりと愛されていることがわかるのに。

「だったらもう二度と利用しねぇよ。一生自分ですませるから、お前もクラブは辞めろ」

一条の言葉や眼差しからも、誰よりお前が大事だ、好きだ、愛していると訴えられている気がするのに、一条の心はたった一つの事実を超えてはくれない。

「――――っ、馬鹿じゃねぇの。なんの話だよ。とにかく、他に用がないなら俺は帰るから。んと、こんなことなら心地よくベッドに入ってればよかったよ。せっかく何年待ちで口説いてくれた相手にも申し訳ないったら」

「隆也」

互いの身体に流れる血の関係。そこに根づくタブーだけは、どんなに酔った身体が犯しても、心までは犯してはくれない。

「今後、同じ理由で呼び出し食らうのはいやだから言っておくよ。出張に出る必要がないように、とっとと恋人つくるから安心してくれ。今夜にでも不自由しない身の上になるから、俺のことより自分のことをどうにかしろ」

「隆也っ」

「うるさい!!　期待するから、いつまでも一人でいるな。ちゃんと恋人つくるなり結婚しろ」

隆也は、部屋から出すまいと腕を摑んだ一条を振り切った。

行き場のない思いを込めて、手にしたビジネスバッグを抱きしめた。

「だいたい、どうして叔父貴だって俺のことが一番好きなはずなのに、そうやって見て見ないふりするんだよ。いまだに叔父貴が一人でいるのって、結局はそういうことじゃないのかよ。俺より愛せる相手ができないから、誰とも恋愛しないんじゃないのかよ」

「――――っ」

どんなにきつく抱いても、ごまかせない。胸が締めつけられて、痛くてたまらない。

「俺も、ずっとそうだよ。叔父貴以上に好きになれる、愛せる相手なんか一人もいなかったから、誰と付き合っても失敗してきた。誰も二番じゃ許してくれない。一番に好きになれって言うから、無理だって言うたびに別れてきた」

実るはずのない恋をしたのは、自分が悪い。

「けど、もう…辛い。やっぱり、こうして会ったら、顔を見たら辛いから、気持ちを変える」

十年経っても諦めきれなかったのも、自分が悪い。

「これから付き合う相手を一番にする。叔父貴のことは忘れる。努力する。仕事で顔を合わせることはあるかもしれないけど、次に会うときは他人になる。籍も抜くから」

そもそも一番に好きになれないとわかっていて、誰かと付き合い、寂しさを埋めてきた自分が悪い。

結局、自分の弱さが自分も相手も不幸にする。このままでは、ここに来ることを許してくれた稲葉のことさえ不幸にしかねない。

「だから、さよなら。永遠にさよなら、隆徳兄ちゃん」

隆也は、本当にこれが潮時なのだと痛感した。どんなに期待をしても、一条からは裏切られるしか術《すべ》がない。それを今夜はまざまざと見せつけられた。

「っ、隆也‼」

ホテルの部屋を飛び出すと、隆也は無我夢中で表に出た。

「んの野郎、ふざけたこと言いやがって。何が籍を抜くだ。俺を忘れるのと、なんの関係があるんだよ」

まだまだ人通りのある時間、それも渋谷界隈《かいわい》とあって、思うように走り抜けることがかなわない。

「どんなに籍を動かしたところで、流れる血まで変えられるか⁉　気持ちで他人になれたとしたって、俺たちの血まで変わるわけじゃねぇだろう」

人混《ひとご》みを縫うようにして走る隆也に向かって、一条が何かを叫んでいた。

「きゃっ‼」

「失礼っ」

それはわかっていたが、立ち止まる勇気も一条の言い分を聞き直す耳も、もはや隆也には残っていなかった。

「ちょっ、何が失礼よ、この痴漢。痴漢っ‼」

南友信　庫

「どうしたんですか」

「あの人痴漢よ。私のお尻を触って、逃げていったの!!」

「なんだって!?」

走りながらも一条の存在を背後に感じ続けて、隆也はその苦しさから切に願った。

「隆也っ、待て!!　隆也っ」

もう、消えてくれ。追って来るな。こんなのは、ただ残酷なだけだ、卑怯《ひきょう》だ。

俺も忘れるから、あなたも忘れろ。この際二人の中にあるだろう記憶のすべて、育まれてきただろう愛のすべてを忘れてしまえ。この場で全部捨ててしまえ!!　と。

「何がさよならだ、ふざけんなてめぇっ。止まれ隆也、俺はお前を――――っ!!」

だが、そんな願いを神が聞き届けたのだろうか?

隆也は一条の声が途切れたと同時に、車の激しいブレーキ音を耳にした。

「事故だ!!　飛び出しだぞ」

「男がぶつかった。誰か、救急車!!」

思わず足が止まったのは、人々が上げた悲鳴のためだ。

「まさか、叔父貴…!?」

全身に怖気《おぞけ》が走った。

〝お父さんっ。死なないで…っ。死んだらいやだよ、お父さん!!〟

過去に覚えのある喪失感が、隆也からすべての感情を奪っていった。

事故は渋谷駅前のスクランブル交差点で起こっていた。

隆也が呼び出されたホテルは、そこから百メートルと離れていないが、無我夢中で走ったのは隆也も一条も変わりない。むしろ人を避けて車を気にして走った隆也のほうが、まだ余裕があったのかもしれない。

「先生、浅香先生っ。叔父貴は、叔父貴は大丈夫なんでしょうね。このまま死んだりしないでしょうね⁉　どうなんですか、先生」

隆也は路上で倒れたきり、意識をなくした一条に付き添い、東都医大の救急へ来ていた。

「一条さん落ち着いて。大丈夫です。今、黒河先生も診てますし、命に別状はないですから」

「本当ですか、浅香先生」

救急車に乗り合い、一緒に移動してきたときから、涙が溢れて止まらない。

待てと言われて待てなかった。あれほどはっきりと追いかけてくる気配を感じながら、足を止めることができなかった。それどころか、もう、消えてくれ。追ってくるな。こんなのは、ただ残酷なだけだ、卑怯だ。そう、心から願った自分がただ呪《のろ》わしくて。隆也は、一条が無事だと聞かなければ、自分を呪い殺してしまいそうだった。

「はい。いきなりの事故でびっくりされていると思いますけど、俺から診ても重傷ってことではないです。むしろそうとう軽いかな。さすが一条先生、武道をやってるだけあって、咄嗟の身のこなしがよかったのかもしれませんね」

「――――そうですか」

隆也を救ってくれたのは、いつになく笑顔で説明してくれた救急救命部の研修医・浅香だった。どちらかといえばクールに仕事をこなす彼は、普段こんなふうには話さない。これは明らかに隆也を気遣っての対応だった。こんなときに医師が診るのは患者だけではない、一緒に心を病んでしまう家族をも診ているということだ。

「あ、ただ見た目と実際ってわからないところがあるので、念のために詳しい検査はします。なので、少し待っていただくことになりますけど、そこはすみません」

「いえ、とんでもない。取り乱してしまって、すみませんでした」

幾分落ち着くと、隆也は恥ずかしそうにハンカチを取り出して、涙を拭った。

「いえいえ。大切なお身内が事故に遭われたんですから、心配されて当然ですよ。むしろ、親近感が湧きました」

「え？」

「だって一条さん、年のわりにすごくしっかりしている印象しかなかったから、こういう一面が見られて、可愛らしい方だったんだなって。ま、普段はお仕事柄もあるんでしょうけど…。これからはそういう顔も見たいなって」

「浅香先生」

浅香の言葉から隆也は、自分が子供のような対応しかできていなかったことを知らされ、ますます恥ずかしくなってくる。

と同時に、隆也は一瞬のうちに自分からすべてを奪った喪失感を思えば、恋が叶わない痛みなど何ほどでもないと知った。たとえ自分が堪えきれずに死んでしまいたいと思っても、一条の死など願うことはないし、消滅など望めるはずもない。逆を言えば一条だってそうだろう。隆也に何かあれば、同じように痛い思いをする。今だって、もしも事故に遭ったのが隆也のほうなら、彼はこれまで以上に自分を責め、打ちひしがれたかもしれない。

『結局、俺たちにとって一番幸せなのは、叔父と甥でいること。肉親として愛し合うこと。そのために、俺が気持ちを改めるしかないってことなんだろうか』

隆也は一条が軽傷だったことに安堵《あんど》はしたが、この先彼に会うのが躊躇われた。

追いかけてきた一条が何を言わんとしたのか、隆也が籍を抜くとまで言ったから激怒したのか、それは一条本人にしかわからない。

〝止まれ隆也、俺はお前を――っ〟

それでも隆也は、次に一条と会うときには、彼の言葉を受け入れなければいけないのかと、やりきれないものを感じた。一条を永遠に失うよりはいいと思うが、以前のような叔父と甥に戻るのも難しい気がして。今しばらくは、時間が必要な気がして――。

「失礼します。あの、渋谷署の者です。事故に遭われた方に少しお話を聞きたいことがあるんですが、容態はどうですか?」

ただ、今にも消え入りそうな顔で立ち尽くす隆也に声をかけてきたのは、意外な相手だった。

「────あ、の。容態はともかくとして、被害届はたぶん出さないと思いますけど。本人の飛び出しですし…。もとから、保険会社に全部お任せっていう性格だし…」

やけに対応が早い気がして、隆也は制服姿の警官に首を傾げた。

しかし、よくよく考えれば事故が起こったのは、駅前交番の目と鼻の先だ。救急車を呼んだのも交番の巡査かもしれないと考えれば、おかしくはない。

「いえ、それとは別です。実は事故に遭われる直前に、痴漢行為があったとこの女性から訴えがあったもので」

だが、なぜか話はおかしなほうへ転がっていた。

「痴漢行為⁉」

隆也は巡査から四十前後の女性を紹介されると、唖然《あぜん》としてしまった。思わず声を発したのは浅香のほうで、隆也は声も出なかったほどだ。

「そうよ。あの男、私のお尻を触り逃げしたのよ。それで事故に遭ってりゃ世話ないけど。でも、それとこれとは別でしょう」

女はお世辞にも品のあるタイプではなかった。そこそこ美人かもしれないが、それが自信過剰に繋がっていそうな、派手な水商売系の女だ。

「あ…の。失礼ですけど、それって慌ててぶつかったとか、本人が気づかないまま手が触れてしまったとかってことじゃないんですか？」

「何、それ。私が嘘をついてるって言いたいの」

「いえ、嘘ではなくて、ただ誤解されてるんじゃないかと…」

状況から考えても、一条にそんなことができるはずがない。それは隆也が一番知っている。

しかもここは病院で、患者はまだ治療室だ。いくらなんでも無礼だろうと、同行してきた巡査にも腹が立ってきた。

「何が誤解よ。言い逃れる気⁉　それともあんたも痴漢の仲間なの⁉」

「そうじゃなくて。彼に限って痴漢行為はありえないって言ってるんです。そういう性格でもないし、性癖でもないし…」

それでもどうにか誤解を解いてもらおうと試みたが、女はますますヒートアップするばかり。

「ふざけないでよ。それってようは、私がタイプじゃないとでも言いたいの⁉　人のお尻を触ったのよ。痴漢なのよ。最高裁まで戦いたいわけ⁉」

さすがにここまで言われると、隆也も我慢ができずに憤慨を露わにした。

「――――っ…ああもう、面倒くさい。だから彼は、もともと女は趣味じゃないんですよ。金払っても触るなら男のほうが好きなタイプで。むしろ、毎日金貰って女の股を開いてるような男なんですから、仕事でもないのに女の尻なんかわざわざ触りに行かないって言ってるんです」

自然と声が大きくなってしまうが、どうにもならない。

「っ、何よ、それっ。どういう言い逃れなのよ」

「なら、こう言えばご理解いただけますか。彼には俺って男がいるんですよ。それこそちょっとふて腐れて離れたらそれを追いかけてきて、車に轢《ひ》かれちゃうほど夢中になってる俺って恋人が。

嫁が。妻が!!」

そうでなくとも人生最大の山場。今後の運命を分けるような大事件の最中に、どうしてこんな女の相手をしなければならないのかと思うと、隆也も気が収まらなかった。

つい、願望込みで、すごいことも口走ってしまった。

「それなのに、あなたになんか目がいくわけないでしょう。だって彼は俺のこの綺麗で締まりのある尻が大好きなんだから。他になんかまったく興味ないんだよ!!」

その上、とことん女の鼻をへし折ってやりたくて、意地悪にも走った。

これまで他人から褒《ほ》められることはあっても、自慢などしたことはなかったが、こいつに比べれば一条だって俺のほうがいいだろうと、隆也は自身のルックスのよさも強調した。酔った勢いとはいえ、一条が気に入って離さなかった美尻も、この際とばかりに見せつけた。

「――――っっっ、最低っ!!　ふんっ」

女が惨敗したことは言うまでもなかった。

そうでなくとも、化粧で固めた女の顔より素顔の隆也のほうが美人なのだ。これだけでも、女のプライドを刺激していただろうに、止《とど》めがこれでは誰もフォローが利かない。

「何がふんっだ。性格ブス!!　どうせ叔父貴がいい男だから絡みたかったか、もしくは痴漢の示談金でも巻き上げようって腹だろうけど、そうはいくか!!」

「た、隆也くん…」

そもそも女のフォローなどする気がない浅香でさえ、隆也を諫《いさ》めに回ったぐらいだ。

「す、すみません…。痴漢はたぶん、誤解だろうことがわかりましたが、その…お金を貰って女性の股を…というくだりで、詳しいお話を聞かせていただきたいんですか」

それでも巡査は冷静だった。新たに湧いた疑問に対しても、とても忠実だ。

「えっ？」

「あっっっ、誤解です!! 患者は、一条先生は産科医なんです。それも当院に勤めている患者さんに大人気のスーパードクターですから、決して変な仕事ではありません!! 開脚はあくまでも仕事です。診察ですから!!」

ここは慌てて浅香が代弁した。

これ以上隆也にしゃべらせて、事態が悪くなることを懸念してだ。

「――――っ、あ。なるほど。そういう意味ですか。わかりました。すみません」

「いっ、いえ、すみません。つい…カッとして」

笑ってすませてくれた巡査に、隆也もようやく冷静さを取り戻す。

「いえいえ。実際〝当たり屋〟みたいな女性もいるにはいますから、お気持ちはわかります。こちらこそ失礼しました。ただ、言いすぎると火に油を注ぐことにもなりかねないので注意してくださいね」

「ごめんなさい」

もしかしなくても爆弾発言を連射したかもしれないが、言いきったあとはすっきり爽快《そうかい》だ。

「あと、患者さん本人にも今のお話は確認させていただきますが、そこはご了承ください。先ほどの女性、被害届を出されているので…」

「っ、はぁ」

とはいえ、このあと一条がどんな事情聴取を受けるのか、隆也は想像すると青ざめた。

浅香は、悪いとは思ったが堪えきれずに、後ろを向いて小さく噴き出していた。この場合、聞かれる一条も気の毒だが、公務で聞かなければならない巡査だって十分気の毒だ。

しかもこの会話、診察室の中まで全部筒抜けだったからたまらない。

『おいおい、なんの冗談だよ。これって痴漢の疑いだけのがまだマシじゃねぇのかよ。いったいどんな事情聴取されるんだ？　性癖か？　痴漢の疑いを晴らすために、俺は男好きですって言わされるのかよ』

すでに意識を取り戻していた一条は、なんとかしてもう一度意識を失えないものかと、本気で考えた。

「ぷぷぷぷぷ」

「あはははははっ」

それぐらい今日の救急待機のメンバーは容赦がなく、至るところから笑い声が響いてくる。

「うーん。確かに彼のヒップラインは美味《うま》そうだよな。かぶりつきたくなる。な、一条」

「知るか」

せめて寝たふりを貫きたいが、白衣を着た悪魔が枕元から去らないので、それもできない。

「しらばっくれるなよ。恋人なんだろう？　いっそもう、そういうことにしちまえよ。何があっ

第一診察室

たか知らねぇけど、車の前に飛び出すほど必死で隆也を追いかけたのは確かなんだろう?」

「覚えてないよ。そんなこと」

「強情だな、お前も」

もちろん、一条が運び込まれたときの緊張感、友を急患として受け入れた黒河の心労は、普段以上のものだっただろう。無事だと確信したから笑いも起こっているが、意識が戻るまでの間はぴりぴりぴりとしていたはずだ。それは一条にも想像がつく。

「黒河先生。ご家族と警察の方、もう通しても大丈夫ですか?」

「ああ。いいよ。――ほら、一条。冗談抜きに、観念しろよ」

一条は、いろんな意味で今日は最悪だと思った。

そもそもは自分が悪いとわかっていても、せめて事故や痴漢の容疑は日をずらしてほしかった。何もすべてが一緒に来なくても――あとの祭りとはこのことだ。

「失礼します」

そうこうしているうちに、隆也が巡査と連れ立って部屋へ入ってきた。

一条は仕方なく目を開けた。本来ならベッドへ駆けつけ、開口一番言いたいこともあっただろうに、隆也は外で余計なことまで口走った気まずさからか、すぐに側へは来なかった。命に別状がない、軽傷だと聞かされた安心感もあったのだろうが、巡査に先を譲ったほどだ。

「大変なときにすみません。先ほど付き添いの方にもお聞きしたんですが――」

巡査は一条の側まで来ると、心から申し訳なさそうな顔をして事情聴取を開始した。

内容は被害者の訴えに沿ったものだが、これに一条が正直に答えるには、隆也を追っていたことを説明しなければならない。巡査はすでに隆也の話で痴情のもつれだと理解はしていたが、それでも面と向かって状況を聞かれると、一条は言葉に詰まって目を逸らした。

「さあ。なんのことですか」

黒河のときと同様、話も逸らした。

「あの、でも付き添いの方が…」

「知りません」

夢中で走っていた途中で、女性に接触してしまった。その場で謝罪した記憶はあるが、自分が彼女のどこに触れていたかなんて実際のところ覚えていない。それだけを説明するなら、別にどうってことはない。だが一条は、隆也が先に自分という恋人と揉めてどうこうと口走っていたことから、それを否定することも肯定することもできなくて、つい口から出任せを言ったのだ。

「覚えてません。何を聞かれても答えられません。わからないんですから」

「え?」

そうでなくともややこしいことになっているのに、下手《へた》なことは口にしたくなかった。ましてや、まだ隆也と二人きりで話し合うべき内容が含まれているのに、それをなんの関係もない警官相手に言いたくはない。

一条が自身の状況もわきまえずにそっぽを向いたのは、単純にこんな理由からだ。

「ちょっと、失礼。ここまでにしていただけますか。ドクターストップで」

「はい…」

するると、側で様子を見ていた黒河が、巡査に待ったをかけてくれた。

ここに来て初めて一条は、気の利く友人でありがたいと胸を撫で下ろした。

「浅香、脳の再検査だ。神経内科の吉沢《よしざわ》先生も呼んでくれ。一条先生は記憶傷害を起こしてる」

「っ、はい‼」

しかし、黒河の機転がありがたいと思ったのは、ものの数秒だった。

いきなり記憶障害と言われて、これには一条も慌てた。内心「なんだと⁉」と悲鳴も上がる。

「ごめんね、隆也くん。ちょっと、もう一度表で待っててくれるかな」

「はい」

隆也は声を震わせながら、巡査と共に廊下へ出された。動揺しているのが手に取るようにわかる。浅香や巡査が自然とその背を支えたほどだ。

「――――おい。何言い出すんだよ、いきなり」

一条は、ベッド周辺から人が離れると、黒河の白衣を摑んでたぐり寄せた。

「いきなりなのは、お前だろう。警官相手に適当なこと言いやがって、偽証罪になったらどうするんだよ」

これでも安全策を取ったらしい。黒河は黒河で一条に向かって「脅かすな」と言い含んでくる。

「記憶にないは偽証にならない。そんなことより、お前のほうが有印私文書偽造になる。警察から診断書を出せって言われたらどうするんだ。罰金どころか免停になりかねないぞ」

「だったら診断書を出す前に、うまいこと記憶の調整をしろ。ま、このあたりは俺たちが心配しなくても、和泉がうまく立ち回ってくれる。ヘッドハントで浮いた金と手間の分ぐらいは暗躍してくれるはずだから、この際安心して治療に専念しろ」

「そういう問題じゃないだろう」

感情が高ぶり、一条は身体を起こそうとしたが、さすがに軽傷とはいえ交通事故の直後だ。全身に走った痛みから、それもできない。

「それがわかってるなら早期治療、早期回復だな。とにかく検査はするから大人しくしとけよ。これは主治医命令だ。一切逆らうな」

一条は、わざとらしく「よしよし」と寝かしつけてくる黒河に憤慨しつつも、その後は再検査で高額医療のフルコースを味わった。保険料の無駄遣いに心底落ち込みながらも、〝しばらくはなるようにしかならない〟と諦めた。


隆也が黒河から再検査の結果を知らされたのは、明け方近くのことだった。

「脳波に異常はない。これといった欠損もない。でも、記憶も一部ないんですか？」

「全部ないわけじゃない。ただ、事故に絡んだ部分がごっそりとな…。一時的なものだとは思うけど、事情聴取があるだし…。なんで、しばらく仕事は休ませて、様子を見ようかと。怪我のほうは捻挫《ねんざ》や打撲程度だから、自宅療養で構わないだろうし」

「そうですか」

深夜の事故から数時間。まだ若い隆也だけに、時間だけならさほどの疲労にはならない。だが、精神的な打撃は大きい。特に一条が忘れてしまったという部分を改めて聞かされると、隆也は唖然とするばかりだった。

一条は、黒河によって事故当時はもとより、隆也の存在そのものを覚えていないことにされていた。兄夫婦のことはわかるが、それでも朧げでいまいち。黒河のこともわかってはいるが、学生時代に遡《さかのぼ》ってのことなので、それ以後の記憶はかなり曖昧《あいまい》だ。

――――なので、これらがはっきりと思い出されるまでは自宅療養。これが一条の抱える問題を考慮して黒河に設定された記憶障害の診断内容だったのだ。

「あ、でも黒河先生。一条先生は独身寮に入っていたはずです。一人にしておいて大丈夫なんですかね？　それとも寮長に話して、付き添いをお願いしますか？」

当然この場でそれを知っているのは、一条と黒河だけだ。一条は本気で心配している浅香やスタッフ、隆也のこと考えると、全身はおろか胃まで痛くなってきた。

もともと見た目より神経が細いからこそ、十年も悩み続けているのに、これでは本当に身体を壊しそうだ。まったく顔色を変えずに嘘八百を並べた黒河を見ていると、十数年ごしの友情さえ崩壊しかねない。

「それならうちへ連れて帰ります！　しばらくは俺が看《み》ますから、自宅での対応をどうしたらいいのか教えてください」

「それはありがたい。それなら他にもご家族がいるでしょうし、日中も安心ですものね」

「いえ…、それは。俺と叔父には親戚《しんせき》がいないんです。肉親は俺たちだけなので、しばらくは俺が会社を休みます」

こんなことなら今すぐにでも、思い出したことにしてみようかと間をはかる。

だが、こうなるとそれもなかなか難しい。隆也は隆也なりに、今後記憶をなくした一条とどう接しようか考え始め、実行に移そうとしている。

「そう…。でも、大丈夫ですか？　会社って言っても一条さんの場合はお客様のこともあるし、そんなに休めないいんじゃ？　あ、そうだ。そうしたら他の先生方にも相談して日中だけでも病院で預かって…」

「大丈夫ですっ!!　俺が看ますから、余計なことはしないでくださいっ」

「えっ？」

よほど思い詰めたことでもあったのか、浅香相手に声も荒らげた。一条は堪えきれずに身を起こそうとしたが、それは側に立つ黒河に制される。

少し黙ってろと睨《にら》む目が、すでに保身に走っていた。こうなったら最低でも一日や二日は診断通りにやってもらわなきゃ、俺が困るんだよと言わんばかりだ。

「すみません。ご心配いただいたのに。でも、今は俺が側にいたいんです。事故のショックとはいえ、まさか…俺のことを忘れちゃうなんて…、思ってもみなくて」

「そりゃ、そうですよね。たった一人のお身内としては、辛いですもの」

「それもありますけど、さっき言ったこと、実はまるきり口から出任せじゃないんです」

「何が？」

「だからその、俺たち本当に――――。俺は一条の甥ってことになってますけど、実際は恋人なんです。内縁関係なんです」

「えっ？　隆也くんが一条先生の⁉」

しかし、そんな暗黙のやりとりを黒河と交わす間に、一条は隆也に思ってもみなかった外堀を埋められていた。これには浅香も驚いていたが、誰より驚いていたのは一条本人だ。黒河でさえ、耳を傾け直したぐらいだ。

「はい。事故も、本当にちょっと喧嘩になったのが原因で…。だから、誠心誠意看病したいし、できるだけ側にいたくて。俺のこと…、俺たちのこと、ちゃんと思い出してほしいから」

どうやら隆也は腹を括ったらしい。勝手に一条を記憶喪失にした黒河も黒河だが、こうなると隆也も負けていなかった。本人にとっては考えに考えた末の決意であり、カミングアウトなのだろうが、一条はぽかんとするばかりで記憶を取り戻す間やきっかけさえ失った。

しかも、ここで「ふざけたことを言うな」と起き上がれるぐらいなら、そもそもこんなことにもなっていない。一条は白衣の悪魔と黒衣の堕天使に囲まれて、すっかり身動きが取れなくなっている。

「そう。そうだったんだ。でも、そしたらそうだよね。絶対に一番肝心なことから思い出してほしいもんね。まったく、一条先生も何してるんだろう。別に黒河先生のことなんか覚えてなくてもいいのに、なんで可愛い奥さんのこと忘れちゃうかな？」

唯一の頼みの綱かと思った浅香も、自身の恋人も男とあって、こんな調子だ。こいつら本当はグルなんじゃないかと、一条は疑惑さえ覚えた。

「わかってもらえるんですか、浅香先生」

浅香に笑顔のエールを貰い、隆也は半泣きで歓喜していた。

「当然だよ。全部了解。でも、よほど困ったことがあったら、いつでも相談して。仕事は仕事で大事だし。やっぱり、隆也くんだからっていうお客様は大事にしないと。そういうときは遠慮しないで、俺をはじめとする東都職員は全面協力するから。ね」

「はい!! ありがとうございます」

満身創痍《そうい》の一条は、もはやどうすることもかなわない。浅香がこう言った限り、今から一条は職場公認で記憶喪失だ。隆也という内縁の男嫁を持つ産科医だ。

「実際は恋人ね。こりゃ、あっちのが一枚上手《うわて》だったな。いや、よかったよかった」

棚からぼた餅《もち》みたいな顔をしていたのは、あとにも先にも黒河だけだった。

『黒河っっっ。テメェ、いつか殺すっ！』

その後一条は、隆也に引き取られて病院をあとにした。

一番気の毒だったのは誰であろう、一条に飛び込まれて事実上加害者となってしまった運転手だったことは言うまでもない。

俺はいったい何をしているんだろうか？

人としても医者としても最低なことをしているんではないだろうか？

＊＊＊

それはわかっていても、いきなり思い出したことにするわけにもいかなくなり、一条は隆也に連れられて彼の部屋を訪れた。

「狭いけど、入って。ここが俺のうち。去年中古を買ってリフォームしたんだけど、思いきっといてよかったよ。前の部屋じゃ、叔父貴どころか猫一匹寛いでもらえなかったからさ」

『中古の2LDKとはいえ、二十五で買ったのかよ。しかも南麻布《みなみあざぶ》…って、すげえなこいつ』

高校卒業後、一条の反対を押し切って就職した隆也にとって、今の分譲マンションが二軒目だった。保護者が一条しかいないにも拘わらず、一度も相談を受けたことがない。会社の面倒見もよかったのだろうが、未成年でもちゃんと部屋を借りて生活していたらしい。その上しっかり稼いで貯金もしたのか、駅から多少は歩くにしたって隆也の家は南麻布だ。中目黒の独身寮にいる一条より、よほど東都医大の近所で、広くて立派だ。

「ここが風呂場、こっちがダイニングキッチンにリビング」

案内された家の中も、一条の想像を遥かに上回って整頓《せいとん》されており、とても綺麗だった。

リビングには小さいながらも仏壇が置かれていて、両親の写真も飾られている。

一条とのことがあってからというもの、校内でも恋の噂が絶えなかった隆也だが、生活そのものに乱れは感じない。むしろ一条が同じ年の頃よりしっかりしている印象しかない。

「でもって、ここが寝室」

「っ…」

しかも、一条が一番驚かされたのは、最後に案内された寝室だ。これでは恋人も引っ張り込めないのではというぐらい、両親や一条の写真、そして思い出の品々が溢れていた。

「ほら、間違いないだろう。これ、叔父貴だよ。俺たち、俺が生まれたときから一緒に住んでるんだよ。それに、俺を産湯につけたのも叔父貴なんだって」

特に、まだ髭も生やしていない頃の、イケメン俳優さながらの一条の写真の数がものすごい。

こんなに大小さまざまな写真をベッドサイドに置かれたら、どんな男でも戦意喪失だ。

生まれたときから一緒に撮ってあるツーショットまでごっそりと並んでいるのだから、これでその気になれる男がいたら、一条のほうが会ってみたいぐらいだ。

それほど部屋そのものが、隆也にとっては家族であり一条のようだった。別れてどれほど寂しい思いをしてきたのか、聞かなくてもわかってしまう。

「でもって、こんな頃から俺たちは関係を変えたんだ。叔父と甥から一生のパートナーになったんだよ」

隆也はベッドのヘッドボードから二つ折りのフォトフレームを手にすると、十年前に撮った写真を一条に見せてきた。

「…っ」

写真は寮生活をしていた隆也が会うたびに欲しがり、その都度撮ったものだった。

だが、今見れば恥ずかしいぐらいベタベタでラブラブでイチャイチャなツーショットだ。ソファで肩を並べているぐらいならまだいいが、隆也のポジションは常に一条の腕の中や膝の上だ。

子守をしていた頃からの習慣なので気にしたこともなかったが、それにしたって一条がここでも反省してしまったのは当時の自分にだ。どれを見ても我がもの顔で隆也を抱き寄せ、完全拘束している。こんな写真を毎日見ていたら、子供の意識が邪《よこしま》なほうにいっても責められない。タイムマシーンがあるなら、今日こそ過去の自分を殴りに行きたい。誰だよ、隆也に「大きくなったら隆徳兄ちゃんのお嫁さんになる」なんて言わせて、喜んでいた奴は!! と。

「どお？　この頃の叔父貴も格好いいだろう。俺の自慢だったんだ。同級生には甘えすぎだってからかわれたけど。でも、みんな本当はうらやましがってたんだよ。だって、こんなに格好よくて、医学部で。世界で一番甥っ子に甘いんだからさ」

しかし、そんな過去より一条にとって問題なのは、やはり今だ。隆也は写真片手に身を寄せてきた。一条の記憶と共に過去のしがらみを捨てきった隆也は、こうなると怖いものなしだ。

「大好きだよ、叔父貴…」

少し潤んだ瞳で見上げてくる。キスを強請《ねだ》るような眼差しにドキリとして、一条は反射的に身を引いた。

「俺のことは覚えてなくても、道徳は覚えてるんだ。こんなのいけないことだって…、ありえないって感じてるんだ」

隆也はそれが不服そうで、悲しそうだった。これまでなら喧嘩になって、収拾がつかなくなり、隆也のほうが飛び出していくパターンだ。

「そうだよね。叔父貴は、そういうところは融通利かないんだよね。でも、それでも叔父貴は俺のこと追いかけてくれたんだよ。俺が〝さよなら〟って言ったら、それはいやだって思ったから、俺を追いかけて事故に遭ったんだよ」

けれど、記憶をなくした一条相手に、隆也もそれはしなかった。

「言ってもわからないかもしれないけど、初めて叔父貴は俺のこと追いかけてくれたんだ。好きだって言ってから、初めて――」

フォトフレームを足下へ落とし、両手を一条に向けて抱きしめる。

「叔父貴…」

隆也は一条の胸に顔を埋めると、そのまま背後にあったベッドへ押しやった。

「っ、おい」

「動かないで」

一条が焦りと打撲の痛みから身じろぐも、それさえ封じるように顔を近づけていく。

「いや、しかしな」

「黙って」

言われるまま、抵抗らしい抵抗もできないまま、一条は隆也から口づけられた。

「っ…っ」

一条のほうに、しっかりとした意識のある状態でのキスは、これが初めてだった。

当たり前のことだが、子供の頃に交わしたそれとは違う。隆也からのキスは唇から濡れた舌先、吐息までもが甘くて、本能を惑わすような香《かぐわ》しさまである。

「たとえ記憶がなくても、身体は覚えてるはずだよ。俺のこと、本当はすごく愛してるって。ちゃんと叔父貴も求めてるって」

縋りつくような、請い願うような隆也に、一条も狂おしいほど愛おしさが込み上げる。

『隆也』

このまま隆也の思いを受け入れ、この状況さえもすべて受け入れてしまえたら、どれほどいいだろう。躊躇いながらも一条の両腕が、隆也の背に回る。

だが、躊躇いから泳いだ一条の視界に、兄夫婦の写真が飛び込んだ。

『兄貴』

忘れたくても忘れられない三人の日々、そして四人になってからの日々が一条の脳裏に走馬灯のように蘇《よみがえ》る。

〝ごめんね、隆徳くん。子守ばっかりさせて。隆也は隆徳くんをママだと思ってるかもしれないね。生まれてからずっと面倒見てもらって〟

〝何言ってるんだよ、義姉《ねえ》さん。そんなことより早く元気になってよ。そうでないと、俺はますます隆也のことが手放せなくなっちゃう。だってこいつ、本当に可愛いんだもん。俺、こんなに可愛い赤ん坊見たことない。身内贔屓《びいき》なしでも、こいつダントツだよ〟

〝ありがとう。隆也は幸せだね、いいお兄ちゃんを持って。隆徳くん、隆也のこと頼むね。ずっと可愛がってあげてね。何かのときは、私の分も…ずっと――〟

〝義姉さん〟

もしも兄夫婦が生きていたら、一条は隆也とこんなことになっただろうか？

最初のきっかけだけで考えるなら、おそらくこうはならなかったかもしれない。

一条が仕事で覚えた苦痛は先駆者である兄が支え、また解消に努めたはずだ。義姉だって兄を気遣うように一条のことも気遣うだろうし、そこに隆也がいれば間違いなく一条は癒《いや》された。

それも至って健全な方法で、穏やかな家庭の中で。

そう考えると、やはり生まれて間もなく母を亡くし、そして幼少の頃に父を亡くした隆也と一条では、積み重ねてきたものが違っていた。それらのすべてを超えて、一条が隆也に恋い焦がれ、そして肉欲にまで走るというのは、よほどのことだ。

「どうしたの？　叔父貴」

「すまない――頭が痛い。割れそうだ」

どうやらこの部屋は一条にとって、最後の難関であり、また試練の場となりそうだった。

「あ、ごめん。薬持ってくるから待ってて。ちゃんと出してもらってあるから、安心して」

『用意周到だな、黒河。なんの薬だ？　逆に怖いぞ、お前の処方ってところが』

まさか黒河もこんな展開から一条が決断を鈍らせるとは想像していなかっただろうが、ここにきて隆也が求める家族愛、それに対する執着を知ると、一条は孤独に喘いできただろう隆也に対して、どんな愛情で接することが一番なのか今一度悩むことになった。愛しいからこそ、これ以上の間違いは起こしたくない。隆也にとっての間違いだけは、そう思えて。

「はい、これ。飲んだら少し寝たほうがいいよ」

「ん。ありがとう」

隆也に薬と水を貰うと、一条はそれを飲んだ。説明書にはそれらしく書いてあるが、薬そのものは子供でも服用できる軽めの鎮痛剤だ。内容はどうあれ、黒河は一条が悩み暮れた挙げ句に本気で頭を抱えることを見越していたらしい。

『おいおい。これって、薬剤師まで抱え込んだってことか。いや、黒河のことだ。あの場はともかく、その後は職場の人間全員をグルにしてる可能性もあるな』

それにしたって、自分は何をしているんだという疑問は、こうなると増えていくばかりだ。事故で言いはぐれてしまった一言のために、ますますえらい目に遭っている。

「じゃ、ベッド入って」

勧められるまま隆也のベッドに入ると、一条は重なる疲れも手伝い目を閉じる。

「もしもし――――一条ですが」

その間隆也は、会社に連絡をしているようだった。

内容が内容だけに申し訳なさばかりが増してくる。

「ちょっと狭いけど、一緒に入れてね。俺も少し休みたいから」

電話が終わると、隆也はパジャマに着替えて隣に入ってきた。寄り添う隆也の温もりは、今も昔も変わらない。少し足を絡めてくる幼い頃からの癖は直っておらず、これは別れた恋人たちにもしてきたのだろうか？

そう考えただけで、嫉妬が芽生える。

『隆也』

一条は、まだまだどうすることもできないまま、いったん眠りに入った。

身体は痛むし悩みも尽きないが、それでも安堵したように眠りに就いた。

〝隆也〟

〝隆徳兄ちゃん〟

記憶に残る温もりを求めていたのは、何も隆也だけではない。今日の深い眠りや心地よさは、そのことを一条にも知らしめたようだった。

# 6

世の中何が起こるかわからない。とはいえ、ひょんなことから仕事にも出られずに、朝から晩まで隆也の世話になることになった一条だったが、本当の受難は翌日からだった。

「おはよう」

小鳥の囀《さえず》りより軽やかなのに、どこか悩ましい。そんな挨拶に瞼を揺らすと、一条はいきなりチュッと音を立てて口づけられた。

「ん⁉」

「朝だよ。ご飯できたよ」

「うわっっっ‼　なんだお前、なんて格好してるんだ⁉」

キスをされた驚きから目を覚ますも、一条は隆也の裸体にエプロンだけを纏った姿にはもっと驚いた。朝から赤くなっていいのか青くなっていいのかわからなくて悲鳴を上げる。

「へへ。サービス」

「サービスだ⁉」

記憶障害は嘘にしても、そういう設定の患者を前に何が起こっているのか理解不能だ。

「そ。叔父貴が俺とのことを思い出すのを待ってたら、自分のほうが参りそうだなって。だったら新たな記憶を植えつけるほうに力入れるほうが前向きだろう。ようは、ラブラブになれればいいわけだし。名付けて新妻の誘惑大作戦☆　どう？」

「は？　なんだそれ」

しかし、これはこれで真剣なようだった。さすがにレースとフリルのエプロンの買い置きはなかったのだろうが、隆也は普段使いのシンプルなエプロンを纏って、ここぞとばかりにアタックしてくる。

「だって、嫌いじゃないだろう？　こういうの」

「あっ、あのなっ」

嘘でも「嫌いだ」と出てこない自分が、一条は呪わしかった。

「だって、好き嫌い以前に、好奇心はあると思うんだよね～。男なら」

「いや、でもな」

理性は躱《かわ》していると思うのに、なぜか本能のほうが喜び勇んで受け入れそうになっているのは、どういうことだろうか!?

そうでなくとも、起き抜けで一番気の緩んだところに受けた直撃とあって、躱す術もない。

「黙って」

そうこうしているうちに、「お手」や「伏せ」ほど威力のある「沈黙命令」をされると、一条は口で逆らうことさえ封じられた。

「大丈夫。俺のこと抱けなくてもいいよ。だって俺が抱きしめてあげるから」

すっかり逃げ腰になっている一条から布団をはぐと、その身体の傍らに身を置きながら、隆也は両腕を回してくる。

「世界中が敵になっても、俺だけは叔父貴の味方。俺だけは、灰になっても叔父貴のことしか愛さない。叔父貴だけが好きだから…」

頬や胸を撫でつけながら、潤んだ瞳で見つめて、口づける。これで堕ちない奴がいたら、そいつのほうが変だと思うあたりで、一条は終わっている。

「好き」

「ちょ、んっ」

軽く合わされた唇は、いつしか深いものへと変わっていく。燦々《さんさん》と差し込む朝日の中で一条は、行き場をなくした両手を掴まれ、隆也のむき出しになった臀部《でんぶ》へと導かれていった。

『っっっっっ』

これぞ裸エプロンの醍醐味《だいごみ》だ。一条はそうでなくとも朝の生理現象に拍車をかけられて、身を捩った。どんなに嘆いたところで、この段階でのコントロールは利かない。ここから先を我慢しろと言われれば多少は頑張れるが、今の段階では無理だ。唇を離した隆也が勝ち誇ったように微笑むが、一条には笑い返す気力もない。これ以上の暴走を抑えるためとはいえ、一条は幼い隆也のお尻にあった蒙古斑《もうこはん》を必死で思い出す。それで収まるどころか勢いづいたら目も当てられないだろうに、そこまで考えられる余裕がない。

〝隆也！〟

〝にいたん！〟

とりあえず、そこまでマニアックな趣味はなかったらしい。推定年齢一歳当時の隆也のおかげで、一条の欲望はどうにか鎮《しず》まった。が、こうなると記憶の大切さが身に染《し》みる。人間生きていく上ではお金も大事だが、人間らしくあるためには、やはり正しい記憶や理性は大事だ。改めて胸に刻み込む。

「――――…、やっぱり、これ邪魔」

「え⁉」

だが、落ち着いてきた下半身にホッとしたのも束《つか》の間《ま》、隆也の意識はすでに別なほうへ向いていた。視線と指先が一条の頬に生える髭にいっている。

「今、剃《そ》ってあげるから、身体起こして待ってて」

「え⁉　ちょっ‼」

にこりと笑ってベッドを抜けた隆也が手にしてきたのは、髭剃りのセット。ベッドにいながら他人様がやってくれるなんて、どんな天国だと言いたいところだが、一条にとっては絶体絶命のピンチだ。

『冗談じゃねぇよ。今更すっぴんなんて晒せるか。渋谷のギャルがメイクを落とすぐらい顔が変わっちまうだろう――――っっっ』

今のところ、怪我人・病人扱いされても文句が言えない一条に逆らう手立てなどなかったが、こうなると一条は隆也のおもちゃだ。

「若《わ》っかーい。格好いい‼　うわ、どうしよう。ぐっと年齢差が縮まった気分」

『勘弁してくれ。これじゃあ、仕事に戻れねぇ…っ。妊婦たちに舐められるぅ』

どんなに心で泣いたところで、顔には出せない。「ほら」と鏡を向けられたところで、すっかり持ち前の甘さがむき出しになってしまった自分を見るのは、もはや拷問だ。

「すべすべ。気持ちいい。じゃ、さっきの続きね」

「――――っっっ」

しかも、これで終わらないのが職場という逃げ場をなくした社会人の辛いところだ。隆也はベッドに座った一条の膝にそろりと腰かけてくると、小声で「抱っこして」とつぶやいた。

「落ち着く。やっぱりここが俺にとっては、世界で一番安住の地」

『隆也』

「こうやって抱きしめると、叔父貴はいつも倍の強さで返してくれた。だから俺、こうしてるのが大好きだった」

ようは、甘えたいだけなのか、思い出に浸《ひた》りたいだけなのかという気もしたが、それだけなら隆也がいまだに裸エプロンでいる必要はない。

「キス、して」

いけない新妻となって迫ってくる必要もまったくない。

『蒙古斑、蒙古斑、蒙古斑』

いったいなんの呪文《じゅもん》だと聞きたいような単語が、一条の中でつぶやかれる必要もなくて、

「叔父貴、ここいじめるの好きだって、さんざん言ってた。酔っぱらってだけど」

再び導かれた隆也の美尻を摑まされながら、自分の行いを恥じて凹むなどということもない。

『俺は本当最低だ!!』

それなのに、

「叔父貴、好き…っ。大好き」

一条は隆也が唇を合わせてくると、それを押しのけることができなくなっていた。

「もう、なんにも思い出さなくてもいいから、このまま俺を好きになってよ。なんか、そのほうが早い気がする。そう思わない？　思ってくれると…嬉しいな」

『隆也…』

まだまだ隆也が望むように抱きしめ返すまではできなかったが、その身体を支え、心を受け止め、愛していくことを望み始める自分が強くなってきたことは、紛れもない事実だった。


すっかり隆也のペースに巻かれながらも、最後は頭痛で躱して三日が過ぎた日のことだった。

「もしもし、日比谷葬祭の一条です。あ、藤邑さん。——え!?　そうですか…。それは、なんと申し上げていいのか。はい。はい」

『藤邑？　まさか藤邑仁実か!?　それとも旦那か!?』

どんなに悩んだところで、一条が職場や患者のことを忘れたことは一日足りともない。そこへかかってきた電話だけに、ひどく胸騒ぎを覚えた。

「ただ、すみません。今、私のほうも身内に病人が出てしまったもので、会社を休んでいるんです。なので、他の者に話を通しますので、それでもよろしいでしょうか」

隆也の仕事が仕事なだけに、この上何かが起こったのかと心配になる。

そもそも黒河を介して隆也と再会したのは、仁実がいる入院病棟だ。一条は、仁実が隆也に子供の供養でも頼んでいたのかと、想像してみた。

「はい。はい。申し訳ありません。話を通し次第、すぐに詳細をご連絡しますので。では、また後ほど」

息を呑んで聞き耳を立てるも、隆也の相づちだけでは詳しいことがわからない。

「どうした？」

一条はいても立ってもいられなくて、つい聞いてしまう。

「ん、ちょっと」

「仕事なら、行ってきていいぞ。俺も病院に顔を出したいし」

もしかしたら別の〝ふじむら〟という可能性もあるが、一度気になるとどうにもならない。せめて代診を引き受けてくれている同僚から様子が聞きたいが、それができる立場にもない。そうなると、黒河を通して産科と患者の様子を聞くしかないのだが、いずれにしてもいっとき隆也から離れる必要がある。

「え？」

「いや、その…。何か、思い出せるかもしれないだろう。職場の空気を吸ったり、黒河の仕事を見たりしてるうちに」

隆也が勘ぐるのは当然だった。だが、一条にとって黒河のことは覚えている、医学生だったこともわかっている、なおかつ今現在の勤め先が東都だということも説明されて納得していることが、彼にとっては現実社会への扉であり生命線だ。記憶を取り戻したと言い出すきっかけにしても、仕事と絡めるのが一番無理がないだろう。

「…っ、そうだね。そしたら送っていくよ。俺、車出すから」

しかし、突然の申し出に隆也は不安な顔をした。

「悪いな」

「ううん。あ、でも産科は行っちゃ駄目だよ。患者さんは何も知らないんだから、ばったり顔を合わせたりしたら、逆に戸惑うことになるかもしれない。何か聞かれて戸惑って、頭が痛くなったりしたら大変だし、そんな姿を見たら患者さんのほうも不安になるから」

患者や周りに気遣ったのもあっただろうが、一条が記憶を取り戻そうとしていることそのものにも動揺が隠せないでいる。

「――――、ああ。わかった」

一条の記憶が戻るときは、隆也がついた嘘が明るみになるときだ。

一条からすれば、それ以前に自分が嘘をついているのだから、隆也が思い悩む必要はない。

しかし、それが伏せられている今だけは、隆也もいつ訪れるかわからない一条の記憶回復に怯えているのだろう。永遠に続けられる生活ではないと理解していても、この三日間は至福だった。

隆也にとっては何物にも代え難い幸せなひとときだっただけに、一条の意識が仕事に向き始めたことが、不安で不安でならなかったのだ。


隆也が口にした〝ふじむら〟が、藤邑仁実と合致したのは病院についてすぐだった。

隆也が一条を黒河に預けると、そのまま「入院病棟へ行く」と告げて消えていった。

そうして一条は、休憩に入った黒河に人気《ひとけ》のない仮眠室へ連れて行かれると、ここ数日の間に起こった産婦人科での騒動を知らされた。

「離婚した⁉」

「おう。俺も担当の看護師から聞いてびっくりしたんだ。まだ入院中だっていうのに、何もってて思うよな。けど看護師たちの話によると、藤邑さんは日舞の名門・藤邑流の家元だったらしくてさ、跡継ぎを産むのが嫁の義務みたいなことになってたんだ。でもって、姑さんが息子に向かって、嫁が無理なら他の女に跡継ぎを産ませろ。それができないなら、弟の長男に跡を継がせるのどうこうってまくし立てていたらしいんだよ」

「で、旦那は子づくりのために、嫁を乗り換えるか」

「経緯や思惑はよくわからないし、おそらく今回のことだけが原因じゃないと思うけどな。ただ、けっこう激しく口論した末に、別れ話は奥さんのほうから出たらしい。どっちかっていったら、旦那は別れたくなくて頑張ってたみたいだが、最後はきっぱり〝さようなら〟って捨てられたそうだ」

「…っ」

聞けば聞くほど、啞然とするしかない内容だったが、この手の話が初めてかといえば、そうでもない。一条がこれまで診てきた患者の中には、似たようなケースで離婚になった夫婦はいくつもある。もう、溜息さえ出ないほどだ。

「お前のせいじゃない。考えるな。これぱっかりは当人同士の問題だ」

「でも、いくらなんでも…。あんまりだろう」

「お前が同情したところで、どうなるもんじゃない。二人の人生は二人でどうにかするしかないんだ。医者が立ち入れるのは患者の病巣だけで、人生は別物だ。相談されれば聞き役ぐらいはできるが、それだってケアの一環程度で。そこを超えて立ち入るときは、白衣を脱いだ一個人での付き合いだ」

子は鎹《かすがい》の一言では片付けたくない。だが、別れたあとの生活や社会復帰を考えると、今の世の中では子供がいない女性のほうが、負担なく職に就ける。生活を維持できる。

だから子供の手が離れるまで別れないという女性も多く、また定年離婚を食らう男性も年々増加する一方なのだろうが、いずれにしたって胸に痛い話だ。

「それに、自分のこともままならないお前が、人のことまで心配している場合じゃない。彼女たちのことを気にかけるなら、自分のほうをどうにかしろ」

それを言われたらぐうの音《ね》も出ないが、一条は自分の処置が仁実の運命を変えた。少なからず藤邑の運命も変えただろうことに、笑って「そうだな」とは言えなかった。

「で、どうなんだよその後は。その面を見る限り、主導権は完全に隆也に持っていかれてるのはわかるけどよ」

それでも黒河の手にかかると、話は一瞬にして切り替わる。

「触るなっ」

一条は、すっきりとした輪郭を撫でつけられると、思わず声を荒らげた。

「お前がおかしなことしてくれるから、本当に記憶をなくしたくなってきた。もう、二十四時間新妻に迫り倒されて生殺しだ。連日、裸エプロンにワイシャツ生足で、お膝抱っこだぞ。どうしてくれんだよ」

ここでしか言えない愚痴もこぼれた。

「ぷっ、あっはははは!!　どうもこうもねぇじゃん。そんな、惚気《のろけ》聞かされたって、うらやましいとしか言いようがねぇよ。うわー、うらやましい」

「俺だって相手が隆也じゃなければ、笑って食うよ!!　据え膳《ぜん》だぞ、据え膳!!」

わかりきった反応しかしない黒河に妙な安心も覚え、一条はこの三日間の悶々《もんもん》ぶりをここぞとばかりに訴えてみる。

「なんで、据え膳なんだよ。素直に食えよ。そのためにわざわざ記憶をゼロにしてんだから、ここで本能のままに動かなかったら全部無駄じゃねぇか。こっちはお前の穴を埋めるために、産科や和泉にまで手を回したんだぞ。頼むから時間をくれって。ここが人生の正念場だから、どうかお願いしますってよ」

「俺はそんなこと頼んでない」

案の定、黒河からは想像通りの答えしか返ってこない。彼は決して一条と隆也の仲を否定しない。想像を上回ったとすれば、職場への行きすぎた対応だけだ。

「頑固だな、お前も。車にぶつかったばかりのくせして、命あっての物種《ものだね》って言葉を知らねぇのかよ。そりゃ、兄貴の遺言は重いだろうけど。でも、兄貴だって生き残ったお前らが不幸になるのは望んでないはずだ。むしろ、俺が兄貴なら常識なんかどうでもいいから、本人たちが幸せならそれでいいし、それしか願わない」

一条は、黒河の言葉に促されながら、仮眠室の窓から望める青空を見上げた。

「なぁ、一条。お前、今、こうして無事にいるからって油断するなよ。次に何が起こるかわからないのは、自分にだけじゃない。隆也にだって言えることなんだからな」

すでに空の向こうには、両親と兄夫婦が逝《い》っており、一条は実感を込めて「わかってるよ、そんなこと」としか返せない。

「ならいいが。ま、なんにしたって自分の気持ちは決まってるんだろうから、あとは開き直りだけだ。どうせ院内にはもう、お前の妻が黒服王子だったと知れ渡ってるんだし。ここはそんな内縁関係のために、首になるような病院でもない。仕事さえしっかりしてれば、プライベートは超・自由だ。組織や幹部たちも職員のことはしっかり守ってくれるし。そういう意味でも居心地のいい病院だ。安心して幸せになれ」

それでも、夜の渋谷をがむしゃらに走り、隆也を追いかけながら叫んだ思いに嘘はない。事故に阻まれ、最後までは告げることができなかったが、その分思いは日増しに強くなっていく。

「俺は、この先何が起こってもお前とは友人でいる。ただ、だからこそあんまり駄々こねると、痛い目にも遭わせるから、そこも忘れるな」

一条は、黒河に「ああ」と答えながらも、これ以上は引っ張れないことを実感し始めた。

様々な思惑が交差し、それらが全部一度にすっきりすることはない。

だが、それでも今のままの生活をこの先も送れるか言えば、それはノーだ。隆也も一条も仕事を持っている。社会的に果たすべく責任がそれぞれにある。

それは個人的な恋愛事情とはまた別の話だ。

もっとも、だから仕事に逃げられた。どうにもならない思いをもてあましながらも、見て見ぬふりができたのは、仕事が与えてくれる重責に他ならないが――。

『病院をうろうろしてたら、思い出した。ってことにするのが一番いいよな』

一条は、黒河に急患が入ったことで、仮眠室をあとにした。

白衣を翻して立ち去った後ろ姿は、どんな激励の言葉より重かった。

『もしくは、黒河と話をしているうちに、思い出した…は、さすがに白々しいか。だったら隆也と一緒にいるときのほうが…ん⁉　あれは？』

だが、そんな一条の視界に予期せぬ者が飛び込んできた。

「どうもありがとうございました」

そう言って、その者が丁寧にお辞儀をして出てきた外来は呼吸器外科。

「白石！」

「あれ、一条。久しぶり。元気だった⁉　って、療治から大変なのは聞いてるけどさ」

それは黒河の恋人であり、一条にとっては数少ない学生時代の友人でもある白石朱音だった。

まともに会うのはずいぶん久しぶりだが、男子校のマドンナを何年も務めた美貌は今も健在だ。

スーツ姿にも拘わらず、凜々《りり》しいよりも麗しいのがその証拠で、こうしている間も周囲の視線を惹きつけてやまない存在感はたいしたものだ。感心してしまう。

「俺のことより、お前はどうなんだよ。どっか悪いのか？　あ、いや、仕事か。確かお前、東都系列の医療機器メーカーの御曹司《おんぞうし》だったもんな。あ、びっくりした。最近景気はどうだ？」

ただ、そんな白石がなぜ呼吸器外科で受診をと思うと、一条は焦った。が、よくよく考えればそんなはずはない。一条は笑顔で挨拶をしてくれた白石に、すぐに笑顔を返した。

「…っ」

しかし、ほんの一瞬だけ白石は、どうしてか戸惑った目をした。

「ん⁉　俺、何か変なこと聞いたか」

「ううん。そうじゃないけど」

「なんだよ。やっぱり具合が悪いのか。黒河は知ってるか。救急にいるから呼んでやるぞ」

すぐに笑ってごまかしにかかったが、一条には通じない。お節介だとは思っても、これは放っておけないと黒河の名前も出した。

「いや、その…。ごめん。療治、話してないんだ？」

「何を？」

「俺、今癌《がん》の再発防止治療中なんだよ」

「――――」

返ってきた答えに、一条は愕然《がくぜん》とした。

雷を受けたような衝撃が全身を走り、その後はしばらく笑えなかった。どんなに白石から笑顔を向けられても、それに返すことができなくて――――。


一方隆也は、一条を黒河に預けると仁実の病室を訪ねた。

いまだに仁実は大部屋にいた。周りは入れ替わり立ち替わりとはいえ、出産した女性ばかりがいるのに、配慮はされないのだろうか？

もしかして一条がこんなことになっているから？　と考え、隆也は尚更複雑な心境になった。

「そうでしたか。それで、個人的にお式だけでもしたいって」

「ええ。本当は一条さんにお願いして、退院してから家族でって思ってたの。けど、全部勝手にお義母様が仕切って終わらせてしまって…。私の赤ちゃんなのに、私が…、私が一度も抱きしめることもできないまま、お墓の中に埋められてしまったの」

しかし、部屋の移動がされなかったのは、仁実自身の希望だった。仁実は隆也の様子にいち早く気づくと、先にそのことを説明してくれた。その上で、今回の離婚について打ち明け始める。

「――――主人は舞台が近いからって、全部お義母様任せだった。止めてもくれないどころか、埋葬にも付き添わずに稽古《けいこ》してたって。もう…、それを聞いたら限界だった」

隆也はベッドサイドに置かれた丸椅子《まるいす》に腰かけ、じっと仁実の話を聞き入った。

「確かに私は藤邑の家に嫁いだ。二百年以上も続く舞の名家に。でも、ずっと子供ができなくて。いつも跡継ぎ跡継ぎってお義母様や親戚から言われて…。精神的にも参ってた。五年、十年ってできないと、欠陥があるんじゃないかってお弟子さんたちからも陰口を叩かれるし。中には、主人に堂々と言い寄る女性も出てきて…。いっそ、離婚したほうがいいのかしらって、何度も思ってたんだけど、主人が気にするなって。愛してるって言ってくれたら、堪えてこれたの」

思えば流産からひと月経つか経たないかというちに、彼女はずいぶん多くのものを失っている。

隆也には想像しかできない、実際の痛みが理解できない、そんな過酷なことばかりだ。

「だから、赤ちゃんができたときには、もう…、嬉しくて嬉しくて仕方なかった。いろんなしがらみがなくなることより、愛する人の子供ができた、産めるんだって喜びで、これでも胸がいっぱいだったのよ。でも、妊娠がわかったとたんに、私はお義母様の監視下に置かれた。お腹の中には大事な跡継ぎがいるんだからって、何もかも管理されて。もう…、それがストレスになって、辛かった。なのに、主人はわかってくれなかったの。私のことはお義母様に預けきり。なんか、子供ができたら自分の義務は果たせたみたいな顔して。あとはお前の仕事だ、産んで育てるのはお前の義務だって、そういう目をしてた」

もちろん、藤邑には藤邑の言い分があるだろう。姑には姑の言い分もあるはずだ。

しかし、そこまで隆也が気を回す必要はない。隆也が耳を傾けるのは、仁実だけで十分だ。

彼女にしたって、隆也が藤邑や姑とは関係がないから、打ち明けられる。葬儀をしたいと願う真意も明かせるのだから。

「正直言って、赤ちゃんは欲しかった。産みたかったし育てたかった。でも、こんなことになって、お腹の中が空っぽになって、どうしてかホッとした自分もいるのよ。これって、私も自分が可愛いだけの女だったのかもしれないわね。でも、それでも私が抱くこともできなかった赤ちゃんをあの女が勝手にって…、それを主人が了解したんだって知ったら、もう…許せなくて」

時折嗚咽《おえつ》で言葉を詰まらせた仁実だったが、あらかた説明を終えると笑顔になった。苦し紛れなのは確かだが、初めて会ったときよりとても力強い笑顔だ。

「そのうち一条さんの耳にも入るかと思うから白状しちゃうけど、最後はすごい捨て台詞言っちゃった。そもそもあなたみたいな身勝手な人、相手を変えたところで一生跡継ぎなんかできないわよって。十年以上も連れ添った妻を一度も満足させられなかったくせに、一人前の男みたいな口叩かないでよ、このマザコンって。もう、自分でもびっくり」

――――なんと返していいのか、これには隆也も困ったが。それでも仁実がここまで言えるようになったのは、きっと翔子をはじめとする周りの支えがあってこそだろう。

「けど、泣きながら主人を追い出したあと、どうしてか周りの患者さんから拍手喝采されちゃった。赤ちゃんを産んだ人も、私みたいに駄目だった人も、みんな同じ女だから、妻や嫁だから気持ちがわかるって。これから頑張って、応援するよって言いながら、一緒に泣いてくれて。すごく、嬉しかった。この病院に来てよかったたって思った」

そしてなぜ部屋替えを望まなかったのか、その理由がわかったことで、隆也は一条の分までホッとした。一条にはたくさんの患者がいただろうが、仁実に対しては特に心を砕いていたはずだ。

「っ…、あ、ごめんなさい。こんな話、全然関係ないのに」

「いえ、そんなことはないですよ。話して少しでも楽になるなら、それが一番ですよ」

「優しいのね。もしかして一条さんって名字の方は、みんな優しいのかしら？」

「え？」

するとタイミングを計ったように、仁実から一条の話が飛び出した。

「ここで私を助けてくれた担当の先生も、一条先生っていうの。周りに聞いたら、すごく人気のある先生でね。ちょっと怖い感じなんだけど、すごくハンサムで。とても思いやりがあるの」

隆也が一条の患者から、彼の印象や仕事ぶりを聞くのはこれが初めてだ。

「その先生ね、手術の説明をするときに、場合によっては子宮を摘出しなきゃならないって、申し訳なさそうに言ってくれたのよ。主人は私が助かればそれでいいって言ってたけど、なんか疲れているのが見えてた。私が流産して、その後合併症を起こして、十日もぴりぴりした状態が続いていたから。そこから抜け出せるなら、もうなんでもいいって。それで稽古に戻れるならって、そういうのがなんとなくね」

勝手違いだとわかっていても、隆也は緊張し始めた。胸が、ドキドキした。

「でも、一条先生は違った。私に対して、ううん。私の女としての将来や未来まで含めて、本当に心配してくれた。だからかな、私…手術中に夢を見ていたの。最後の最後までどうにか子宮を残そうと頑張ってくれた先生の姿。これでもかって奮闘して、何度も、何度も確認して。でも、どうにもならないって判断した瞬間、ものすごく悔しそうに、それでいて悲しそうに〝摘出に入る〟って…。なんか、先生のほうが涙声だった」

話を聞くと、隆也にも手術中の一条が目に浮かんだ。

苦悩する顔、震える声、胸が痛くなるような姿だ。

「私、その後の対応を考えても、あれは夢じゃないって気がした。そしたら、もうそれだけでもいいかなって気持ちになれた。だって、世の中には私が知らなかっただけで、こんなに誠実な人がいる。他人のために心を痛めることができる人がいるんだから、主人だけが男じゃないって思えてきて。もう駄目だって感じたときも、今度は先生みたいな人と恋をすればいいじゃないって、普通に思えたから。もちろん、そのためには一から自分を磨かないといけないけど…ね」

しかし、その後の仁実の話は、隆也をこれ以上ないほど元気づけてくれた。

許されるなら、今すぐこの笑顔を一条に見せたい。きっとどんな言葉よりも、仁実の笑顔は医師である一条に元気をくれる。勇気とやり甲斐《がい》と充実感をくれる。

いくつもの苦悩を乗り越えようとする彼女には、それほどエネルギーが漲っている。

「だからね、隆也くん。最初で最後の赤ちゃんとのお別れは、そういう決意を固めるためにも、きちんとしたいの。私にはもう…、母子手帳とエコー写真ぐらいしか残されてないんだけど、それでもできるかしら？」

「もちろんです。事情はわかりましたから、赤ちゃんが埋葬された先を教えていただければ、こちらから住職のほうにもお願いしておきます」

「ありがとう」

それでも最後は、仁実の頬に涙がこぼれた。しばらく彼女から涙が涸《か》れることはないだろう。もしかしたら、永遠にないかもしれない。それほど彼女が失ったものは大きい。

「では、あとは退院予定に合わせて、住職の予定を聞いてみます。はっきりしたら、日時のご相談にあがります」

「よろしくお願いします」

しかし、仕事で縁を持っただけの隆也にできることは限られている。一条にとっての仕事と同じで、こればかりは一つの区切りにするしかない。

『叔父貴、通じてたよ。ちゃんと理解されてたよ。藤邑さん、全然未来をなくしてなかったよ。叔父貴の頑張りのおかげで、新しい希望や可能性をしっかり手にしてた。よかったな』

隆也は入院病棟をあとにすると、黒河のもとに足を向けた。

多忙な黒河だけに、長々と一条の相手はできないだろう。かといって、部屋の隅とはいえ救急救命部に今の一条がいても迷惑になりかねない。言い方は悪いが学生程度の知識《記憶》しかない一条では、現役医学生の研修と変わらない。しかもいつ頭痛が出るかという心配があるだけに、隆也は一条を連れて帰ろうと思ったのだ。

『記憶があれば、どんなに喜んだかわからないのに。と、叔父貴――――え⁉』

しかし、隆也は救急病棟へ行く途中、外来のエントランスで一条の姿を目にした。一条は誰かを見送っているのか、外に向かって軽く手を振っている。

『あれは、白石…朱音さん？』

ぱっと見ただけでも誰だかわかった。相手は母校の先輩に当たる、有名な麗人だった。それも東都に入って最初に覚えた〝一条の同級生〟で、隆也はますます一条の記憶のことが心配になると、足早に駆け寄っていった。

「叔父貴っ」

「あ、一条！」

だが、偶然隆也と声を合わせたのは、一条が担当している患者の七菜《なな》だった。

一条は前後から同時に声をかけられ、肩をびくりとさせていた。

「どうしたの一条⁉　今日は私の予約日なのに、なんでこんなところにいるの。ってか、髭剃っちゃったら、超イケメンじゃん。やっぱり七菜と結婚しようよ」

「――――すみません！　一条先生はどうしても急用で、これから外に出なければならなくなって。予約のほうは、代診の先生にお願いしてるので」

隆也は、七菜が一条の患者だと気づいて、慌てて話に割って入った。

「っ…、そうなんだ」

七菜から笑顔が消える。それればかりか、見る間に不機嫌になっていく。

「こういうこともあるわよ。大きな病院の先生なんだもの。すみません、お引き留めして」

「いえ」

理解のある母親に助けられて、隆也も胸を撫で下ろした。一条は一言も発せられずに、立ち尽くしている。

「さ。行きましょう七菜」

「……っ、いや。帰る」

「七菜！」

「だって、またいやな思いするだけじゃない。子供が子供つくりやがってみたいな顔されて、堕《お》ろすなら一日も早いほうがいいって冷たく言われて。これまでちゃんと、七菜の目を見て話してくれたのなんか一条だけだよ。ママのこと馬鹿にもしないで、私の赤ちゃんを守ってくれるって言ったの、一条しかいなかったんだからっ‼」

一条に診てもらえないならと、七菜は病院に背を向けた。これまで病院から受けた悲憤が一気に爆発したのだ。

「――――待てっ！」

咄嗟に七菜の肩を摑んで止めたのは一条だった。

「今日は、ごめん。でも、ここの先生はみんなわかってる。代診の先生もちゃんと応援してくれるから、受診はしていけ」

「…本当？」

「ああ。本当だ」

「わかった。でも、次は一条じゃなきゃいやだからね。すっぽかしたら許さないからね」

七菜は唇を尖らせていたが、受診することを承知した。よほど一条を気に入っているのだろう、上着の裾《すそ》をしっかり摑んで、この場から離したくない様子だ。

「すみません。本当に」

「いいえ、こちらこそすみません。では、今日はこれで」

七菜の母親は、終始頭を下げっぱなしだった。一条が軽く会釈したところで、エントランス先での短いやりとりが終わった。

「…っ、叔父貴」

隆也に呼ばれると、一条は何か言いたげに振り返った。

「さすがだね。記憶は飛んでも、患者さんに対しての対応はばっちり。やっぱり親父の仕事を近くで見てきた効果もあるのかな?」

しかし隆也は、胸を撫で下ろすと同時に一条の腕を引っ張った。ここにいては同じようなことが起こりかねない。ひとまず車へ戻ることを優先したのだ。

「でも、早く思い出せるといいね。叔父貴の患者さんのためにも、せめて仕事のことだけでも」

「ああ」

広い敷地内にある駐車場に停めた軽自動車まで歩くと、隆也は先に一条を助手席へ座らせた。そして自分も運転席に座ると、シートベルトをセットしながらぽつりと問う。

「それよりさっきの人、白石さんだよね。叔父貴と大学で同期だった、東都の歴代マドンナの中でも特に人気があった」

見て見ぬふりができずに、確かめた。

「あ、ああ」

「なら、白石さんのことはちゃんと覚えてたんだ。黒河先生みたいに」

「っ…」

一条は返答に困ったような顔で口ごもった。が、それを見ると隆也は「よかった」と笑い、ますます一条を動揺させた。

「だって、それって叔父貴の記憶の中では白石さんが、黒河先生と同じジャンルに入ってたってことだろう。特別な場所にいた人じゃなかったってわかったから、よかったなって」

隆也は一条から視線を逸らすと、少し俯《うつむ》いた。

「ようはさ、叔父貴が事故で落っことしてきた記憶って、俺のことや仕事のことじゃん？ たぶん、大切なものと極限の痛みが混在してるものだと思うから、そこに白石さんが加わってなかったってわかっただけでも嬉しいんだよね」

こんなことを言っても、一条を困らせるだけだ。それならいいが、混乱させるだけかもしれない。それはわかっていたが、隆也は言わずにはいられなかった。

「言ってもわからないかもしれないけど、俺が叔父貴を好きだって、恋してるって気づいたのは白石さんがきっかけだった。叔父貴、当時仲よかったからさ――――白石さんと」

十余年の月日を経ても、白石は輝いていた。

そしてそんな白石に笑いかける一条も、同じほど輝いていた。

「昔、寂しくなると叔父貴の顔が見たくて、大学部を覗きに行ってた。初等部と大学部の敷地って隣り合ってたから、けっこう楽に忍び込めたんだ。たまに校務員さんとかに見つかっても、しょうがないな…って、見て見ぬふりしてくれたし。友達も好奇心旺盛《おうせい》だったから、付き合ってくれて。でも、あるとき叔父貴が見たこともないぐらい綺麗な人と一緒にいた」

しかも立て続けに七菜を見たからだろうか？

隆也は会話に割って入った自分を忌々しそうに見た七菜に、過去の自分が重なった。自分と一条の間に入ってくる者すべてが疎ましい、邪魔だ、そんな感情を思い出した。

今日の七菜にとっての隆也は、過去の隆也にとっての白石だったのだ。

「何か一生懸命話していて、答えてもらうと嬉しそうに笑って。それが、すごくいやだった。俺以外の人に、そんな笑顔向けないでよって――腹が立って、泣きたくなった」

隠れて様子を眺めることしかできなかった幼い隆也にとって、それは初めて覚えたジレンマだった。いつだって独り占めしていた、それが当たり前だと思っていた一条が、本当はそうじゃなかったと気づいた決定的な瞬間だ。

「それから、ずっと考えてた。叔父貴はあの人が好きなのかなとか、いつも一緒にいるのかなとか。こんなことなら寮になんか入らないで家にいればよかったって、毎日思うようになった」

隆也は話しながらハンドルに片肘《かたひじ》を置き、頬杖《ほおづえ》をついていた。これは当時、毎晩のように机に向かってしていたポーズだ。大人の庇護《ひご》なしでは何もままならなかった隆也にとって、自由にできることがあるとすれば想像だけだ。そして早く大人になりたいと願うだけだ。

「周りはみんな、叔父貴は格好いいからもてるよって。たとえ白石さんが相手じゃなくても、恋人ぐらいいるに決まってるって。それに大人なんだから、エッチなこともいっぱいしてるし。そもそも医学部の産科だろうって笑われて。悔しくて、悲しくて、トイレで隠れて泣いたこともあった」

しかし今の隆也の横顔に、当時のような悲愴感はない。泣き暮れることしかできなかった弱々しさもない。特にその目は、隆也が一条を思って見上げていたかもしれない星空より美しく、青い空より澄み渡り、灼熱《しゃくねつ》の太陽よりも熱く強く輝いている。

頬杖を解くと、隆也はゆっくり視線を一条に戻した。

「でも、そのうち一緒にお風呂入ったり、寝ていたことを思い出して…。ベッドに入ると、自然に自分を慰めるようになって…。だから、初めて叔父貴に抱かれたときは、びっくりしたけど嬉しかった。酔った勢いだったけど、叔父貴が初めて俺を求めてくれた。どんな形であれ、必要としてくれたって思ったから」

一条は視線を逸らすことなく、受け止めてくれた。以前ならこんなことを言えば、必ずといっていいほど視線を逸らされた。が、今は何を言われてもわからないから聞き入っているのか、それとも少しはイメージできるから受け止めようと努力しているのか、逸らされることはない。

たとえ隆也の思いが、いまだに一方通行であったとしても――。

「隆也。あのな…」

「なんて、やっぱりどうでもいいか！」

しかし隆也は、最近この一方通行が心地よいと感じていた。そのせいもあって、一条のほうから何かを言おうとするたびに、つい遮ってしまうのが癖になっていた。

「あ、俺このまま直帰できるから、夕飯の買い物をして帰ろう。今夜は何がいいかな〜。こんなことならもっといろいろ勉強しておけばよかった。一人だとついコンビニ弁当ですませちゃうから。あ、煮物でもチャレンジしてみる？」

それほど事故に遭ってからの一条は、恋人だと主張する隆也を肯定もしないが、否定もしなかった。だがこれは、頭ごなしに否定され続けた隆也にとっては喜ばしいことなのだ。

いっそこのままでもいい――――。そんな思いが日増しに強くなるほど、隆也は一条と過ごしたこの数日が至福だった。

「あ、いやいい！　今夜は俺が作る」

「え、どうして」

そして至福な分だけ、少しでも一条に記憶を取り戻そうとする言動が見られると、隆也の心臓は凍りつきそうになった。

「――――その、ずっと世話になりっぱなしだから、それぐらいは」

ただ、これに関しては、そういうことではないのがすぐにわかった。隆也は一条の笑顔が微妙に引きつったのを見て、すぐに本心を察した。

「別に、気を遣わないで正直に言えば？　そろそろ胃が受けつけないって。自分でもわかってるよ。普段やらないと、できないんだなってことぐらい」

記憶と味覚の関係がどうなっているかわからないが、もともと一条は舌が肥えており、料理そのものもうまかった。そういう叔父に蝶よ花よと育てられ、その後は全寮制の学食で育ち、就職してからは外食と冷凍食品のお世話になってきた隆也は、味はわかるが再生能力に欠けていた。ようは、食べることには長けているが、作ることがまるっきり駄目なのだ。

おかげで新妻作戦を奮闘するも、一条の胃袋をがっちり摑むことはできなかった。

どちらかといえば逃亡される要因になっており、どうも最初に出した〝出汁《だし》を入れ忘れた味噌《みそ》汁〟や〝炊飯器のセットを失敗してノリのようになったご飯〟が不味《まず》かったらしい。名誉挽回《ばんかい》と頑張りすぎた〝炭のような卵焼き〟も、一条にとっては追撃に値したかもしれない。

「そんなことないって。一生懸命作ってくれただろう」

それでも隆也が自虐に走ると、一条は照れくさそうに言った。

「え？」

「それに、裸エプロンで作られた料理を不味いと感じる男はいないと思う。何せ、料理が作られる以前に、感覚を麻痺《まひ》させられてるからな」

困った、参ったとは思っていても、どうやら隆也からのアプローチに嫌悪はしていなかったようだ。それがわかっただけでも、隆也は俄然《がぜん》目を輝かせた。

「叔父貴…」

今すぐ抱きつきたいほど〝好き〟が溢れて止まらない。

「とりあえず、今夜は作らせてくれ」

「――――ん。わかった」

その後、うっかりハンドルを切り損なったらどうしようかというほど、隆也は上機嫌で車を走らせた。

スーパーで二人並んで買い物をしていたときなど、大根やピーマンを見ても顔がにやけた。

そして帰宅すると、隆也は一条に食事の支度を任せて、少し仕事をした。ちょうど一段落した頃に夕飯ができ上がり、隆也の至福は増す一方だった。

「じゃ、そろそろ寝ようか」

「ああ」

お風呂から上がったときには、心なしか新たな欲望も芽生えた。

このまま一条が自分を認めてくれる、受け入れてくれる、必要としてくれるのではないかという期待で胸がいっぱいになり、ベッドに並んで入るとその期待はすぐに欲情へ変わっていった。

しかし、

「――――叔父貴。あのさ」

「その呼び方、もうやめないか。名前とかにしないか」

隆也は一条のほうから身を寄せられると、なぜかこれまでになく萎縮した。

「え？」

「だって俺たちは恋人同士なんだろう。お前、俺の嫁なんだろう？」

背中を向けられることもなく、差し伸べられた手のひらで頬を撫でられたにも拘わらず、一瞬のうちに生まれた躊躇いから、隆也はすぐに返事ができなかった。

「な、隆也」

戸惑ううちに、一条が顔を近づけてくる。唇に唇が近づいて、隆也はどれほど望んでいたかわからない一条からキスをされた。

「叔父貴…っ」

酔った勢いに任せたものと違うのは当然として、一条からのキスは想像以上に優しくて穏やかでくすぐったいものだった。

「隆徳だ」

たとえ記憶の一部がないにしても、恋人として受け入れられた喜びは大きいし、それを望んだのは隆也本人だ。この際二人の関係や過去なんか思い出さなくてもいいから、好きになってほしい。愛してほしい。仕事のことはさすがに思い出してほしいが、別に自分たちのことはもういいかもしれないと。

「…っ、隆徳…さ…ん」

けれど、隆也はいざ願いが叶《かな》って初めて知った。人間、得るものが大きいということは、こんなにも失うものも大きかったのだと。

「どうした？　なんで泣くんだ？」

「っ。ごめん。嬉しすぎて、動揺してるみたい」

隆也にとって、恋人としての一条を得るということは、代わりに叔父としての一条を失うということだった。

〝隆也！〟

〝隆徳兄ちゃん〟

記憶を持ちながら、抹殺する。もしくは心の奥底に封印する。

一条を叔父としてではなく、どこまでもただ一人の男として見るようになる——そういうことだったのだ。

「そっか」

『叔父貴…』

一条は、自分の腕に隆也を抱きしめたが、それ以上何かをしてくることはなかった。

まるで幼子をあやすように身を寄せはしたが、思いがけない告白に動揺している隆也に、性欲の類をぶつけてくることはなかった。

それなのに、隆也にとって一条はもう、唯一の肉親ではなくなっていた。

『隆徳兄ちゃん…っ』

恋人になる代わりに、叔父ではなくなっていた。

## 7

隆也が一条から恋人だと認めてもらって三日が過ぎた。その間、何か変わったことが起きたかといえば、隆也が彼の呼び名を変えたこと以外、これといってない。

「そう。そう…。事情が事情だし、藤邑さんに関しては、俺がご自宅まで出向いてセッティングと執行をすることにしたから、退院までに準備だけ整えといてくれるかな。あと、お客様への電話連絡だけなら自宅からでもできるから、何かあれば言って。うん、うん。そう。わかった。じゃ、そっちは俺から連絡しておく。また折り返し電話するから、いつでもメール入れといて」

隆也は毎日、自宅でできる限り仕事をしていた。

一条はその傍らで家事をこなし、なかなかの主夫《しゅふ》ぶりを発揮している。

もともと義姉を気遣い、家事もよく手伝ったのだろうが、一条が作る食事はやはり美味い。時間があるという現実も手伝って、掃除も洗濯も完璧《かんぺき》だ。生活のことだけを考えるなら、このままでも問題はない。一条ほどではないにしても、隆也の年収は同年代のサラリーマンに比べればかなり高い。家賃程度の住宅ローンは組んでいるが、マンションも持っている。もともと神経を遣う仕事だけに、家のことをすべてやってくれる主夫がいたら、それはもう万々歳だ。

とはいえ、一条自身や仁実や七菜のような患者のことを考えると、そういうわけにはいかない。記憶が戻らないことには何を言っても始まらないだろうが、隆也とてこのまま一条が専業主夫でいていいとは思っていない。やはり職場復帰できることが望ましい。一条は東都医大からも患者からも必要とされている希少な産科の専門医だ。

しかも、お互いが恋人同士だと認め合ったにも拘わらず、一条はその矢先で隆也に泣かれたせいか、それ以後は何も仕掛けてこなかった。目と目が合えばキスぐらいはしてくるが、すべて頬や額にだ。まるで隆也が幼児だったときのような扱いだ。

「ふぅっ」

「忙しそうだな…。いいんだぞ、出勤して」

「大丈夫だよ。消化してなかった有休や年休は山ほどあるから。それよりお昼は何？」

「お前が食べたいって言ってたから、ハンバーグにしようかと」

「やった」

隆也も少し気まずくて新妻攻撃は休み中だった。意識して「叔父貴」とは呼ばなくなったが、代わりの「隆徳さん」がすんなり出てこなくて悪戦苦闘だ。気がつけば恋人であるより肉親としての会話や行動を求めてしまって、これでは本末転倒だった。これもないものねだりなのだろうが、自分でもどうしていいのかわからない。

「――――な、やっぱり出勤しろ。俺のほうは大丈夫だから。別に何もかもわからないわけじゃない。ここでの生活にも慣れたし、正直言って気分的にもそのほうが楽だ」

「俺が一緒だと、気が重い？」

今の隆也にわかっているのは、一条の言動に一喜一憂する自分がいること。

日増しに喜びよりも不安のほうが大きくなっていくこと。

何より、現在一条の人生を預かっているのは自分であって、このまま記憶が戻らなければ一条はその人生さえ隆也に誘導されることになる。隆也が勢いでついてしまった嘘の人生を、隆也の恋人という設定での人生を生きるということだ。

「いや。そういう意味じゃなくて、やっぱり仕事をしてほしいなって。俺のために、お前を待ってる人に迷惑はかけられない。それが心苦しいだけだ」

「…っ、わかった。じゃ、行ってくるよ」

いっそ本当のことを言ったほうがいいのだろうか？

事故当時にはなかった不安や罪悪感が、次第に隆也の中に芽生え始めていた。

自分ではない誰かの人生を預かる、導く側になってみて、隆也は初めてその重責を知った。

今は亡き両親から隆也を託された一条が、頑なに叔父でいようとしたのは、おそらくこのためだったのか？

一条は自分ではなく、常に隆也の幸せを考えていた。だから飲酒による過ちは犯しても、禁は犯せなかった。叔父である自分を捨てなかったのは、こんな責任感からだろうか？

「――――あ、そうだ。何かあったら電話してよ。遠慮しないで。そうでないと、俺のほうが気が気じゃないから」

「ああ。わかった」

それでも隆也は、こうなったからには自分にできる努力をするしかないと考え始めていた。

今更嘘をばらして、恋人という関係まで壊れてしまったら泣くに泣けない。

次は叔父どころか、一条自身のすべてを失うことになる。が、それだけは避けたい。

だとしたら、恋人としてできる限りのことをしておく。その上で一条の記憶が戻ったら、そのときはそのときで、彼の判断に委《ゆだ》ねる。

〝止まれ隆也、俺はお前が――〟

あのときに一条が発した言葉は一条にしかわからない。隆也にできることは、あとにも先にも己の愛を貫くことだけだ。

「じゃ、夕方には戻るから」

「ああ」

隆也は一条に玄関先まで見送られると、勢いよくドアノブを摑んで回した。

今日は躊躇ってしまったが、今後は出がけのキスを強請《ねだ》ろう。そして今夜は、自分からこの前の続きも求めよう。そう心に決めて、一歩前へ歩き出した。

「いってきま――――っ！」

「うわっ!!」

「っ…しゃ、社長!?」

しかし、まるで前途多難を暗示するように、隆也の前には稲葉が立ちはだかっていた。

「なんだ、出かけるところだったのか」

「はい。叔父が落ち着いてきたので、半日でも出社しようかと」

おそらく業務連絡はしても、それ以外の経過を報告してこない隆也に業を煮やしたところもあったのだろうが、手にはお見舞いらしきケーキの箱を持っている。

「そうか。それならよかった。気になったから、様子を見に来たんだ」

「すみません。ありがとうございます」

隆也が頭を下げると、一緒になって一条も頭を下げる。

「どうも。日比谷葬祭の稲葉です」

「――――一条です」

ケーキと一緒に名刺を出されると、その場は「ありがとうございます」と受け取った。

「なら、車で来てるから、一緒に行こう」

特に話し込むこともせずに、稲葉はこれから出勤するという隆也のほうに合わせる。

「あ、はい。お願いします」

一条は改めて二人を見送ると、溜息交じりにケーキと名刺に視線を落とした。

「若《わ》っかい社長だな～。ありゃ絶対に隆也に気があるぞ」

こんな勘だけはよく働く。一条はケーキの箱を冷蔵庫にしまって、名刺は扉に貼《は》りつけた。が、そんな矢先に携帯電話の呼び出し音が聞こえてきた。それも、本来ならかかってくるはずのない病院からのコールだ。

一条は胸騒ぎを覚えて、客間に向かった。荷物の中から急いで取り出すと、電話の相手も確かめずに「一条だ。どうした⁉」といつものように口にした。

「ずいぶん若くてハンサムな叔父さんだったんだな。びっくりした」

稲葉が一条について感想を漏らしたのは、車を出してすぐのことだった。産科医と聞いていたし、もっと年配の男を想像していたのだろう。稲葉は自分とそう変わらない年頃の叔父だったことに、かなり驚いた様子だ。

「はい。もともと父親とは年の離れた兄弟だったので、叔父というより兄みたいな感じです。生まれたときから一緒に暮らしてるし、母親は俺が一歳になる前に亡くなっているので、俺の面倒はほとんど叔父貴が見てくれたぐらいで…。だから、母親代わりでもありますね」

「母親？　でも、確かお前の父親も…」

「はい。七歳のときに死んでます。だから、そこからは叔父貴が全部…」

しかも、聞けば聞くほど隆也の話に驚くばかりだったのだろう稲葉は、ハンドルを握りながらも、こまめに隆也のほうに視線を向けてきた。この調子では事故にでもなりかねない。隆也のマンションが会社に近かったことを、今日ほど感謝したことはない。

稲葉は渋滞に巻き込まれることなく到着すると、自社ビルの地下駐車場に車を停めた。

「ただ、親父が金だけは残してくれたんで、生活には困らなかったんですけど。さすがに叔父貴は高校生だったし、大学受験のために猛勉強の真っ最中。たとえ大学に受かっても医学部ですから、子供心にも大変だなって。これは絶対に俺の面倒を見てる場合じゃないっていうのが想像できたんで、せめて叔父貴が安心して勉強できるように寮に入るって決めたんです」

「それで東都大学の付属にいたのか。初等部から高等部まで」

すぐに車からは降りずに、隆也の話を聞きに回る。

「はい。どうせ寮に入るなら、少しでも叔父貴の側にいたかったし。そのほうが頻繁に会えるかなと思って。だから、叔父貴と一緒に猛勉強しましたよ。叔父貴が大学部、俺が初等部。春には一緒に同じ学校行こうって約束して」

「それで合格したお前もすごいな。あそこは私立の東大って言われるぐらいの大学で、付属でもすごい難関だ。それが編入試験ってなったら、さらに大変だって聞いたことがあるのに」

「離れたくない一心でした。叔父貴の側にい続けたかったから――」

「そうか。なんにしても苦労したな」

「そんなことは…っ⁉」

だが、あらかた話を聞き終えると、稲葉はシートベルトを外して隆也に手を伸ばしてきた。

「遠慮せずに頼れよ。できる限り力になりたい。仕事のことだけでなく、プライベートでも」

頼りがいのある、それでいて爽やかな笑顔を向けられ、隆也は肩を摑まれる。が、それと同時に身を乗り出してきた稲葉から、当たり前のようにキスをされかけて我に返った。

「っ、駄目です」

「何が？」

うっかりではすまないが、あまりにいろいろ続いていたためか、隆也は肝心な報告を稲葉にしていなかったことを思い出した。

「ごめんなさい。うっかりしてました。この前の話は、なかったことにしてください。俺、社長とはお付き合いできません」

謝ってすむことではないが、こればかりは謝るしかない。

「どういう意味だ？」

「俺は叔父貴が好きなんです。昔から一番好きなんです。だからこの仕事を選んだぐらい」

「――――隆也」

正直に告げるしかない。

「今、叔父貴の記憶があやふやなのをいいことに、俺…恋人として接してます。叔父貴もようやく俺のことを受け入れてくれて、だから――――ごめんなさい」

「ちょっと待て、隆也。自分が何を言ってるのかわかってるのか⁉　どんなに若くて格好よくても叔父なんだよな⁉　血の繋がった近親者なんだよな、彼は⁉」

あまりに一方的かつ、衝撃的なことばかり告げられて、さすがに稲葉からも笑顔が消えた。

「そうです」

隆也は形相を変えた稲葉を目の当たりにし、これが世間の反応だと知らしめられる。

「そうですじゃないだろう。だったら人として超えちゃいけないものがあるだろう」

「別に、それを言ったら、そもそも男同士だし」

「隆也‼」

最初に二人の関係を知ったのが黒河だったから、隆也も一条も問い質《ただ》されずにすんだ。

だが、それは黒河の価値観やものの考え方が逸脱しているからであって、一般的なのは稲葉のほうだろう。一条だって当事者でなければ、同じことを言っているかもしれない。

「今更言われなくたって、タブーだってことぐらいはわかってます。もう、さんざん苦しみましたから。でも、それでも好きなんだから仕方ないんです。他の誰かじゃいやなんだから、どうしようもないっ――っ!!」

それでも、隆也は豹変《ひょうへん》したとしか思えない稲葉にナビシートを倒されると、体勢を戻せないままのしかかられた。

「だったら俺が、気持ちを変えてやる。お前の目を覚ましてやる」

「社長？」

「そもそも恋は一人でするものじゃない。相手の記憶があいまいなうちに関係を決めるなんて、いくらなんでも卑怯だろう。それに、相手とは十年近くも喧嘩別れしてたんじゃないのかよ。その間のお前のことなんか、今のお前のことなんか仕事も何も全然わかってないじゃないか」

揉み合ううちにネクタイが乱れ、シャツのボタンが弾けた。

「それでもいいんです。俺が叔父貴のことをわかってるんだから、それで」

「いいわけないだろう！　お前がよくても俺が許さない。お前の努力をわかれない奴になんか、お前は渡せない」

隆也の抵抗もどんどん激しいものになっていく。

「やっ、――もう、やめろってっ！」

怒りとも悲しみともつかない感情ばかりが高ぶり、隆也はとうとう稲葉の脇腹に膝蹴りを食い込ませた。

「げふっ!!」

限られたスペースの車内とはいえ、隆也は武道の有段者。手加減なしで急所を狙えば、大の男でも一撃で倒せる腕前だ。たとえ稲葉に人並み以上の体力や筋力があったとしても、構えも何もないところへ食らえば、襲い続けるどころではない。

「すみません…。でも、俺は叔父貴が好きなんです。やっぱり一番好きなんです」

隆也は、蹴られた脇腹に手をやった稲葉を力いっぱい押しのけると、そのまま助手席の扉を開いて車を降りた。

「会社、辞めさせていただきます」

無責任なのは承知の上だが、今はこれしか言葉が出ない。隆也は捨て台詞だけを残して、その場を走り去った。

「っ、隆也。戻れ、隆也」

後悔に満ちた稲葉の呼びかけが、隆也にとっては唯一の救いだ。

しかし、それでも一条との仲を否定し、それを理由に襲ってきた男のもとで働き続けるのは無理だった。どちらか一つでも駄目だろうに、二つ揃ってしまったのは致命的だ。

『世間の反応なんて、こんなものだ。そんなのわかってる。だから叔父貴も駄目だって言った。たぶん、俺のことは好きでいてくれたと思うけど、だからこそ駄目だって。俺のことが大事だから、愛してるから、この恋は引き替えるものが多すぎる。ときには俺たちにとって、一番大事な関係さえなくさなければならないんだから、諦めてくれって言ったんだろうし』

隆也は車から飛び出すと、無我夢中で走っていた。

方向など確認せず、とにかく少しでも稲葉から距離を取りたくて道なりを走り続けた。

『その代わりに、俺は一生一人でいる。お前だけを思って誰のものにもならない。ずっと一人でいるから。だから叔父と甥でいさせてくれって――それなのに、俺は』

そうして力尽きるまで走って、その後は重い足取りのまま、ぼんやりと歩き続けた。

すると隆也は、いつしか東都医大が見えるところまで来てしまっていた。

『あ、藤邑さん…』

病棟を目にした途端に、仁実の涙ながらの笑顔が浮かんだ。

個人的な理由で仕事を投げた自分が、ただの罪人に思えてならない。特に仁実は、偶然とはいえ初めて受け持った一条の患者だ。やはり思い入れは深い。

『――…せめて、謝らなきゃ』

隆也は、どんな形で辞めても、引き継ぎだけはきちんとしなければと思った。

そのためにもまずは仁実に退職の報告と謝罪に向かい、それがすんだら手持ちの資料だけでもまとめて、明日にでも会社に持参しようと決めて東都医大の正門をくぐった。

『あれ？ 救急にいるの、叔父貴？』

すると、敷地内に入った隆也の目に飛び込んできたのは、救急病棟の搬送口で患者を受け入れている真っ最中の一条だった。

「先生…っ。先生、助けて先生…」

「しっかりしろ、七菜。大丈夫だからな」

運ばれてきたのは、先日一条に声をかけてきた七菜のようだった。

七菜は一条の顔を見るなり、大粒の涙をこぼした。

「守ってくれるって言ったよね？　先生、私の赤ちゃん…、守ってくれるって…」

「ああ、言った。約束した。ちゃんと覚えてる。俺が必ず守ってやるから、お前も頑張れ」

「うんっ…っ」

いったい何がどうしたというのか、隆也はその場に立ち尽くして様子を窺った。

「一条先生。娘は…」

「信じてください。今はそれしか言えません」

「はい。どうか、どうかあの子を、七菜をお願いします!!」

一条は、付き添ってきた母親にそれだけを言い残すと白衣を翻して病棟の中へ、集中治療室へと消えていく。

「七菜…っ」

その場に泣き崩れた母親を見て見ぬふりができなくて、隆也は母親のもとへ駆け寄った。

「あの、よかったらこれを…」

そう言って、ハンカチを差し出した。

「――あなた、この前一条先生と一緒にいた？」

「はい。一条の甥です。病院の者ではないんですが、仕事で偶然寄ったもので」

「あ…。一条先生のお身内の方でしたか」

少しでも助けになれることがあればと思い、これからどれほど待たされるかわからない母親についていて、病棟の待合室でいっときを共にした。

「――そうだったんですか」

その間、七菜の母親は悲憤しながらも、いったい何が起こったのかを話してくれた。

まだまだ安定期とは言い難い七菜に暴力を振るい、切迫流産へと追い込んだのは、お腹の子の祖父に当たる男だった。男は、どこで話を聞きつけてきたのか、突然自宅に怒鳴り込んできた。そして「息子の将来にかかわるから今すぐ堕ろせ」と詰め寄ってきた。しかし、それを七菜や母親が揃って拒否すると、いきなり七菜に掴みかかって、床へ突き飛ばした。

その上倒れた七菜に蹴りかかって――。

〝やめてぇ、七菜っ!!〟

身を挺《てい》して娘とその子供を庇ったのだろう。母親の顔や身体には、複数回蹴られたとわかる痕がはっきりと残っていた。

「どうして…。どうしてあんなことができるのでしょうね。七菜は私にさえ、相手が誰なのか言わなかったのに。この子はママと私の子でいいよねって。それなのに…息子の将来って…。それならなら、七菜の将来は!? 夢は!? あの子は全部一人で背負って、子供と生きていこうとしてたのに。あの男、一生許さない!!」

突然の悪夢に襲われたとしか思えない母子にとって救いだったのは、隣の住人がすぐに異変に気づいて警察へ通報してくれたことだった。おかげで男は現行犯で逮捕され、救急車もすぐに駆けつけた。それでも、このことで七菜が心身共に傷ついたことは変わらない。たった今、生死をさまよう命があることも変わらないのが現実だ。

『叔父貴…。頑張れよ。絶対に助けてやれよ。あの子との約束ちゃんと覚えてるんなら、何が何でもお腹の子、守ってやれよ』

隆也は、こうして待つことしかできない、祈ることしかできない自分が、今日ほどやるせなく感じたことはなかった。

「あ、先生」

そうして、隆也がずっと俯いていたためか、集中治療室から出てきた一条に気づいたのは、七菜の母親が先だった。

「七菜は。七菜はどうなんですか」

七菜の母親は、すぐに席を立って駆け寄った。

「とりあえず、どうにか落ち着きそうです。しばらくはまだ様子を見ますが、お腹の子供はそうとう逞《たくま》しいですよ。かなり危険な状態でしたが、流されないようにしっかり摑まっててくれた。いや、しがみついてたんでしょうね。俺のほうが感謝したいぐらいです」

一条は、七菜の母親と同じほど疲労困憊《こんぱい》して見えたが、それでも笑みを浮かべていた。

「――――っ。ありがとうございます!!　それで、あの子には」

「声をかけてあげてください。安心すると思うので」

「はい」

隆也はその姿を見て、単純にホッとした。よかったという感情しか湧き起こってこなかった。

「お疲れ様。よかったね、無事で。本当に…お疲れ様」

「っ⁉」

それでも、声をかけたとたんに一条は凍りついたような顔をした。

それを見た瞬間、隆也の心も凍りついてしまう。

「でも、いったいいつ思い出したんだよ。それとも最初から嘘だったの？　記憶、なくしてなかったの？　だとして、それってそんなに俺のことが重荷だったってこと？　忘れたかったってことなの？」

隆也には、記憶障害を偽った一条の気持ちが、まったくわからなかった。よもや黒河のお節介でとは考えなかっただけに、かえって〝そうまでして自分との関係をどうにかしたかったのか〟としか考えられなかった。

「別に、それならそれで、本当のこと言っていいのに。何も仕事休んでまで嘘つかなくてもいいし、俺が言ったことなんて全部でたらめだって。それこそ嘘だって、警察にも黒河先生たちに言ってよかったのに。恋人にって言ったのは、同情？　そんなに俺が哀れだった？」

しかし、事故当時の、警察とのやりとりを考えれば、悪いのは自分かと自虐に走る。

「隆也、違うんだ。俺は…」

「でも、いいよ。それでも楽しかったから。今になって、何日も叔父貴と一緒にいられて、昔みたいに一緒に生活できて、いっときでも恋人にしてもらって、嬉しかったから…いい。それに、これでまた叔父貴って呼べるんだろうし…、だから——もういいよ」

釈明しようとした一条の言葉も耳に入らず、今度こそ終わりだ、これですべてが失われると決めつけて、その場から逃げるように駆け出した。

「違う、隆也。人の話も聞けって。どうしてお前はそうなんだ、だから俺はお前が好…っ‼」

だが、病棟の廊下を突っ切ろうとした隆也の前に、突如として飛び出してきたのは憔悴しきった藤邑だった。

「やっと見つけたぞ、一条っっっ‼」

「っ⁉」

ずっと病院を休んでいたはずの一条を、いったいいつから探していたというのか。藤邑の目には白衣を纏った一条しか映っていなかった。目の前に隆也がいても、まるで無視だ。

「よくも、よくも俺たちの仲をめちゃくちゃにしてくれたな。お前が、お前が仁実の子宮を取らなければ、仁実をたぶらかさなければ離婚になんてならなかったのにっ」

一条に向けて、勝手な恨みつらみをぶつけている藤邑は、以前とはまるで人が違っていた。手には刃渡り十五センチほどのナイフを握りしめて、完全に正気をなくしている。

「ちくしょうっっっ」

藤邑が一条に向かって走り出した瞬間、隆也は反射的に彼の進路に飛び出した。

「よせ、隆也」

あまりに至近距離すぎて、一条への攻撃を阻むだけで精一杯だった。

「────っ」

一度として味わったことのない鋭い衝撃が、隆也の腹部から全身に走っていく。

「隆也っっっ！」

一条は、目の前で隆也と藤邑の姿がぴたりと重なり、悲鳴を上げた。

「っ…、あ…っ」

見る間に溢れ出した鮮血に驚き、藤邑はナイフを手放し、その場で腰を抜かした。

騒ぎに気づいた外来患者たちが悲鳴を上げる。看護師や医師たちも何事かと駆けつける。

「ふ…、ふざけんなっ。何もかも、人のせいにすんな…」

隆也は、腹部に刺さったナイフを押さえながらも、藤邑から目を逸らさなかった。

「お前に…、叔父貴の何がわかる…っ。どうにもならない…、手術をしなきゃならない医者の辛さが…、わか…るのか」

一度は堪えた激憤だったが、もう我慢ができなかった。

「叔父貴だって…辛いんだよ…っ、お前なんかより…っ、ずっと…、ずっと…」

病気や怪我で辛いのは、何も患者だけじゃない。その家族だけじゃない。ときには治療に当たった医師だって辛い。看護師だって辛い。一緒に涙を流すときもあれば、陰で偲《しの》ぶときもある。

なのに、どうしてそれがわからないんだと、怒りで涙が溢れ出た。

「辛…っ」

隆也はそれだけを言い残すと、その場で意識を失った。

「隆也っ。隆也」

駆け寄った一条の腕の中に崩れ落ちたときには、スーツも白衣も真っ赤に染まった。一条の全身から一気に血の気が引く。

『隆也…っ』

何時《いっ》の世も、人は血の海から生まれて、土へ帰る。

白衣と黒衣を結びつけるものは、目の前に広がる真っ赤な血の色だ。

「一条！」

「一条先生――――隆也くん!!」

隆也は、駆けつけた救急救命部の者たちの手によって、すぐさま処置室へ運ばれた。

「黒河先生、すでに出血８００。意識レベル３」

「輸血を急げ。すぐに手術の手配も」

「はい」

こんなときに専門外も何もない。一条は自分で隆也を助けたいと主張したかった。

だが、ここには天才・黒河がいる。一条自身が誰より認める外科のエキスパートがいる。

『頼む、黒河――――頼む』

一条は、じっと待つしかなかった。今だけは黒河を、そして仲間の力を信じて、吉報を待つ他なかった。

しかし、

「輸血が足りない⁉　なんの冗談だ。あいつはO型のはずだ。足りないはずないだろう。なんなら俺の血を取ればいい、いくらでも取れ」

白衣を血に染めた一条が最初に受けた報告は、想像もしていなかったものだった。

「いえ、落ち着いてください、一条先生。隆也さんはAB型です。しかもRHマイナスのABです。間違いないです」

こんなときに、冗談など言うはずがないとわかっていても、信じられない内容だった。

「RHマイナスAB⁉　そんな馬鹿な。あいつの母親はB型だし、父親はO型だ。AB型はありえない。しかも俺は、あいつの出産に立ち会っ…っ、まさか…、義姉さんに限って？」

隆也を取り上げたのは隆也の父だった。母親である妻を妊娠中から診てきたのも夫である一条の兄。何より生まれた隆也の血液型をカルテに記載したのも兄本人で――――それなのに⁉

一条は困惑するしか術がなかった。

「生憎今は、そこにこだわっている場合じゃありません。問題なのは、血液が足りないってことです。手配はしてますが、ちょっと前に首都高で大事故があって、センターの在庫も不足してます。登録者に連絡をしてもらってますが、まだ誰もこちらに到着してないんです」

しかし、今目を向けなければいけないのは、浅香が言うとおり現実問題だ。

輸血が間に合わなければ、どんなに神から両手を預かったと言われる男がいても、どうにもならない。むしろ死神から預かったと言われる両目に、隆也の死期が見えてしまうだけだ。

「――――…っ、隆也」

一条は、全身から力が抜けて、その場で膝を折りそうだった。

〝療治から聞いてなかったんだ…〟

ふと、つい先日交わした白石との会話が脳裏をよぎった。

〝五年生存率二十五パーセント…？〟

〝そう。でも、もう、なんだかんだでしぶとく一年半ぐらい頑張ってるから、案外いけるんじゃないかと思って。あと、三年ぐらいは…〟

〝白石〟

鮮明に思い出せば思い出すほど、無力な自分を実感した。

〝そんな顔しないで。三年はもののたとえだよ。まずは五年頑張るって療治と約束したんだ。そしてまた次の五年を頑張る。それを繰り返していこうって〟

自分は医者なのに、人を救うのが仕事のはずなのに、どうすることもできないのかと嘆くばかりだった。

〝でも、今…俺は幸せだよ。だって癌にならなかったら、療治への思いを一生勘違いしたままだった。こんなに自分が療治のこと好きだったって、愛してるって気づかないまま死んでいったかもしれない。それを思えば愛して愛されて、最期の瞬間まで一緒に生きられる。側にいられる。

こんなに幸せなことないだろう〟

誰より大切な者が死に晒されているというのに、祈ることしかできないなんて。

〝――――ねえ、一条。選択を間違えちゃ駄目だよ。療治も言ったかもしれないけど、生きてることに油断して何かあったら、後悔じゃすまない。この後悔だけは、やり直しが利かないんだからね〟

どうか、誰か来てくれと、待つことしかできないなんて!!

「浅香先生！　献血登録の最初の方が到着しました」

「本当⁉」

「はい、こちらの方です」

けれど、一条の切なる願いが天に届いたのか、隆也を救える輸血者が現れた。一条は浅香が振り向いたと同時に、一緒に神が遣《つか》わしただろう救世主の姿を自分の目にも焼きつけた。

「――――っ⁉」

「っ、一条さん」

しかし、こんなことがあるのだろうか？

一条の目に焼きついたのは、数時間前に会釈をし合った男だった。名前を覚えたばかりの隆也の会社の社長、稲葉一秋だったのだ。

「とにかく、早く。一応検査もありますので、こちらへお願いします」

「はい」

偶然よりも因縁を感じたのは、一条だけではなく稲葉もだろう。何か不思議な縁が巡っている気がしてならなかった。

「一条先生。輸血さえ間に合えば、黒河先生ですし心配ないです。すぐに警察の方も見えられるので、一応着替えられたほうが――」

「わかった」

それでも隆也は、そんな縁にも守られて九死に一生を得た。無事に手術も終えた。

いっときは死神の姿が見えたように思えたが、一条のもとから永遠に離れることはなかった。

＊＊＊

「どうも。ありがとうございました」

輸血を終えた稲葉に、改めて一条が感謝の意を示したとき、すでに窓の外は真っ暗になっていた。急患で運ばれてきた七菜の対応に追われ、そして次は隆也。時間は瞬く間に過ぎていた。

「いえ。大切な恋人を助けるのは当然です」

「っ!?」

「もっとも、あなたに邪魔をされたんで、恋人だったのは半日程度でしたけど」

頭を下げた一条に対して、稲葉は終始苦笑を浮かべていた。そして、ここに来て一条と会うまで、まさか輸血の相手が隆也だとは思っていなかったが、相手を知ったときには血の気が引いた。

つい数時間前に、ひどい別れ方をしてしまっただけに、隆也が交通事故にでも遭ったのかと思って。たとえそうでなかったにしても、すぐに気持ちが晴れることは難しい。複雑すぎて、たとえ隆也が無事でも安堵できないと言って、苦しそうな顔をし続けたのだ。

「これを機会によりを戻します。俺は近親相姦《そうかん》なんか認めない。どんなにあいつがいやだと言っても、必ずあんたから引き離す。あいつを何年も苦しめてきただろうあんたにだけは、葬儀屋って仕事を選んだあいつを拒絶し続けてきたあんたにだけは、絶対に渡さない」

ただ、そんな隆也との経緯を明かした上で、稲葉は一条に対して挑戦してきた。

この八年、立場は違えど隆也を庇護してきた。それこそ社会に出てから隆也が今のように一人前になるまで、陰日向《ひなた》なく支えてきたという事実と自信もあるのだろうが、稲葉は一条に向かって至極正論で挑んできた。その上で、お前に隆也の何がわかるんだと怒りさえぶつけてきた。

「あいつのことだから、叔父であるあんたには生意気な口は利いても、産科医であるあんたに対しては、何一つ暴言なんか吐いたことはないんでしょうね。たとえ考えに考え抜いて選んだ仕事を〝縁起でもない〟って詰られたとしても、あいつは産科医をやってるあんたを誰より誇りに思ってたし、そもそも何かあれば凹むあんたを陰から支えたくて選んだ仕事だ。どんなに同情や理解を示しても、決して否定もしなければ、文句を言ったりもしないでしょうからね」

特に、稲葉が一条に対して一番怒りを抱いていたのは、二人の関係がどうこうというよりは、一条の理解のなさに対してだった。おそらく、過去に勢いで放っただけの言葉が、想像以上に隆也にとって深い傷になっていたのだろう。

「――けど、あいつは口には出さなくても、ずっとあんたに認めてほしくて仕事してきたと思う。いつかあんたに〝ありがとう〟って、〝お前みたいな奴がいるから、自分も救われる〟って言ってほしくて、専念してきたと思う。何せ、あいつが葬儀屋を一生の仕事に選んだのは、あんたが一生の仕事に産科医を選んだからだ。誕生の喜びと同時に、常に人の死と隣り合わせの仕事を選んだからだ」

稲葉は、隆也がどんな気持ちで黒衣を纏ったのか、側で見てきて痛いほど理解できるから、余計に我慢が利かなかった。一条にぶつけなければ気もすまなかったのだろう。

「そうでなくとも、産科医は他科の医者より密接に死と向き合う。表向きは誕生の手助けだろうが、実際堕胎も少なくない。どんなに〝これも仕事のうちだ〟とわかっていても、感情が麻痺するまでは時間がかかる。きっと、一生麻痺もできなきゃ、割り切れないままの産科医だっているだろう。あんたはおそらく一生割り切れないで苦しむタイプだ。そのことに早々に気づいて、医者になるより家業を継ぐほうを選んだ俺と同じでな」

隆也の気持ちがわかる。だが、多少なりにも一条の立場や気持ちもわかるから、自分の気持ちさえもてあましてしまい、こうして一条にぶつけるしか当てもなかったようだった。

「隆也は、入社して初めて担当した故人の遺体に触れるとき、まったく躊躇いを見せずに同僚たちを驚かせた。実際俺も驚いた。だから、今でも忘れられない。どうして、なんでお前は平気なんだって聞いたら、あいつが苦笑いしながら言ったのを――」

〝世の中には、人が死んでいく瞬間に立ち会う人がいれば、まだ形になっていないまま失われていく命に触れる人たちもいます。その苦悩と苦痛を思えば、亡骸《なきがら》に触れることはなんでもないです。むしろ、故人にも、故人を看取った様々な人たちにも、心からお疲れ様でしたと言えます〟

「あいつは、きっとどんなときでも、同じ気持ちで亡骸に触れてきた。そしてそのたびに心のどこかで、あんたに〝お疲れ様でした〟って言ってたに違いない。それなのに、あんたは…」

それでも一条は、稲葉からぶつけられる激情が不思議なぐらい心地がよかった。

あまりに嘘偽りがなくて、言葉の端々に含まれるジレンマさえ正直で。そのくせ、自分がどう頑張っても、隆也の気持ちは変わらない。それがわかっているのに、諦めきれない。せめて一条に毒を吐くぐらいしか、八つ当たりの手段さえない。そんな気持ちが手に取るようにわかるから、一条はかえって稲葉に好感を覚えた。

素直な気持ちでこの八年、隆也を育ててくれて、一人前にしてくれて、きっと保護者代わりも務めてくれたのだろうと思えて、ありがとうと感謝することができた。

だが、それだけに一条も稲葉に対して、自分も嘘偽りは並べられなかった。

「そうだな。俺は隆也が同じ道を歩く。俺みたいに産科医の道を選ぶ。そして父親が遺《のこ》した産院をいずれは継ぐんだろうって信じて疑ってなかった。だから、高校出たら働くって。それも葬儀屋にって言われたときに、めちゃくちゃ怒ったよ。縁起でもねぇって怒鳴ったし、それが俺への復讐《ふくしゅう》なのかって。俺に対しての当てつけなのかって言って、隆也をうんと傷つけた」

ありのままの感情、思いを伝えることが、稲葉に対しての感謝の証だった。

「そうでなくとも、十分傷つけてたのに。あいつはいつだって、真っ正面から俺を受け止めてくれたのに。世の中の誰より俺があいつを傷つけた。一番ひどい目に遭わせてきた。けど、だからこそ、あいつには俺じゃなきゃ駄目なんだよ。俺がつけた傷は、俺じゃなきゃ癒せない。俺を命がけで守ってくれた隆也は、俺じゃなければ命がけで守れないんだ」

そしてふてぶてしいぐらい、どう足掻いてもこいつには敵わないという敗北感を覚えさせるぐらい、自分がこの恋の勝者であり、長年隆也を魅了し続けた男だと主張することも、恋敵に対しては最高の誠意だったのだ。

「それは許されない。ただの罪だ。この上隆也に余計な背徳まで負わせるのか。二重のタブーで雁字搦《がんじがら》めにするのか！」

「しょうがねぇだろう。それを隆也が望んでる。本当は、俺だって望んでた。だから俺たちは、地獄の底まで連れ添うしかない。善も悪も関係ねぇ。身も心も愛し合って、共に堕ちるところまで堕ちるしかないんだからよ」

「そんな、勝手な。今更何をっ!!」

稲葉は、そんな一条の気持ちまで察していたようだったが、最後は感情に任せて力いっぱい殴りつけてきた。

一条は甘んじて受け、黙って頬を一発殴らせた。

「────そうだな。確かに今更だったな。俺はもう、十年以上も前から隆也を愛していたのに。隆也は俺のために生まれてきた、きっと神様が与えてくれた唯一無二の命だまで思ってたのに、なんでこんなに遠回りしたんだろうな」

殴られたほうの奥歯がぐらついたのが、自分でもわかった。それでも一条が笑っていられたのは、稲葉の拳が黒河の膝蹴りほど後腐れがなくて、気持ちのいいものだったからだ。

「一条先生。隆也さんの意識が戻りましたよ」

そんなときだった。二人が待ちに待った知らせが入った。

一条は、浅香から声をかけられると、視線で〝一緒に見舞おう〟と稲葉を誘った。

だが、稲葉は黙って首を左右に振った。そこには言葉にならない、いろんな思いが込められている。

「────とにかく、今回はありがとうございました。俺の隆也を助けてくれて。この恩は一生忘れません。こころから感謝します」

一条は、それならここでと、もう一度身体を二つに折ってから、隆也のもとへ向かった。

真新しい白衣に身を包んだ一条の後ろ姿に、一度は同じ道を目指した稲葉が何を思ったかは、稲葉にしかわからない。

ただ、稲葉は今一度黒衣の襟を正すと、力強い足取りでその場をあとにした。

かなりの量の献血をしたにも拘わらず、そのまま会社に戻った。

「それで、藤邑さんは？」

一条の顔を、そして無事な姿を見て安堵すると、隆也は事件を起こした藤邑のことを尋ねた。

「警察に……」

「そう……。びっくりしただろう、叔父貴。いきなり襲われて。知ってたかもしれないれど、藤邑さん離婚したんだよ。いろいろ、いろいろ積み重なって。奥さん……、あんたみたいなマザコンはもうごめんだって言って、別れたんだ」

気がかりは藤邑自身ではなく、八つ当たりを食らった一条のほうだった。

隆也は藤邑がこんな事件まで起こしたことで、一条がこれまで以上に罪悪感に囚《とら》われることが心配だった。特に隆也が庇ったことで、余計に罪の意識を感じてはいないか、ショックを受けていないか、そればかりが気がかりだったのだ。

「だから、叔父貴のせいじゃないよ。むしろ奥さんは叔父貴にすごく感謝してた。俺、子供の葬儀頼まれてたから、詳しい話を聞いたけど。本当に叔父貴みたいな人を好きになればよかったって言ってたぐらい。ただ、旦那さんはそこを変に勘違いしたんだとは思うけど――」

「そうか。やっぱりあれだな、俺が二枚目すぎるのがいけないんだな。これからはまた髭生やすぞ。少しでもセクシーダウンしとかないと、診るたびにその気になられても困るからな」

しかし、隆也の不安や気遣いを察したのだろう。一条は笑って冗談を言ってきた。

「――よく言うよ。ってか、藤邑さんは叔父貴が髭面で診た患者さんじゃん。自分が思ってるほど、効果はないって。ま、貫禄《かんろく》は出るだろうけどさ」

それだけじゃない。隆也の目から見て一条は、どこかこれまでと印象が違っていた。

下ろし立ての白衣が魅《み》せる硬質感もあるのだろうが、これまで以上に凜々しく見える。

「それで、怪我は？　叔父貴は大丈夫だったの？」

「ああ。お前のおかげで無傷だよ。ありがとう――――」

それでも、いざとなると語尾が震えた。どんなに隠そうとしても、隠しきれない。一条は隆也が怪我を負ったことで、同じほど傷ついている。目に見えない傷だけに、隆也が受けたものより深くて大きいかもしれない。

「謝るなよ。ありがとうは嬉しいけど、ごめんはいらないよ。俺、叔父貴が無事で本当に嬉しいんだから。昔、叔父貴が俺の代わりにひどい目に遭ってたとき、どれほど辛かったかわからない。だから、叔父貴が辛いのもわかるけど、おあいこだと思って、今回は謝らないで」

隆也は、やはり心配になった。

「…っ、おあいこ？」

「――――覚えてないの？　叔父貴、昔ずいぶん俺のこと庇ってくれたんだよ。親父が何かにつけて俺を怒るたびに、手を上げるたびに庇って――――代わりに殴られてくれた」

一条が負った傷を少しでも軽くしたくて、言わずにはいられなかった。

「俺は、よくわからないまま怒られてたから、ずっと親父に憎まれてるんだって思ってた。どうしてなんだろうって考えて、そのうちお袋が、俺を産むために癌だったことを隠してたって。俺を産むために、ちゃんと治療しなかったから死んだんだって知って…。だから、それで憎まれてるんだと思って、どうしていいのかわからなかった。俺がお袋のこと殺したんだって、そういうふうにしか考えられなかったから」

それはずいぶん幼い頃の話だった。一条は忘れていたのか、もしくは、よもや隆也が覚えているとは思わなかったのだろう。話の内容に、かなり驚いていた。

「けど、そんな俺に叔父貴は、いつも優しかった。笑ってくれた。実家の仕事柄、これまで山ほど赤ん坊も見てきたけど、隆也ほど生まれたときから可愛い子は見たことがないって。本当に、可愛い可愛いって言ってくれて。いつも抱いて、抱きしめてくれて。親父が荒れてるときも、仕事で疲れてるんだから許してやろうなって。本当に大変な仕事をしてるし、俺たちが誇りに思う仕事をしてるんだから、疲れてイライラするときもあるんだよって――」

今日になって一条が知ったばかりの事実と照らし合わせれば、父親が隆也を見て苛立ちを隠せなかった理由が、過労からだけではなかったかもしれないと想像がつく。

命の尊さは誰より重んじているが、それでもこれが妻の裏切りの証なのかと思えば、冷静ではいられなかったのだろう。

「でも、本当は優しい父親だし、兄貴だぞって。いつも誰かの命を預かってるから、俺たちのこと構えないだけで、ちゃんと心から大事に思ってくれてる。だから、それはわかってやろうなって、叔父貴が慰めてくれたから、俺は救われた」

それでも父親は、隆也の生まれながらの秘密を、本当に墓場まで持っていった。妻が命に代えて守り抜いた一つの命に不実があったことは、一生涯誰にも明かすことがなかった。

だから母親も最期まで、隆也は夫の子供だと信じていた。それは一条から見ても、疑う余地がない。それほど隆也の母親の死に顔は美しく、幸せそうだった。

「親父を嫌いになることもなかったし、好きでいられた。だから最期のときも…、本当に死んでほしくなかった。隆也を頼むって叔父貴に言ってくれたときは、叔父貴の言うこと信じてよかったって。俺、ちゃんと愛されてたって思えて、喜びの分だけ悲しみも増したけど、それでもすごくホッとした。親父に嫌われてなかったたって――――」

ただ、それでも隆也は苦しんでいた。

「俺は、叔父貴がいなかったら、生まれてすぐに死んでたかもしれない。そうでなくても自分がお袋を殺したんだっていう呵責《かしゃく》からおかしくなってたか、死に急いでた気がする」

幼いながらに懸命に自身の苦痛と闘い、そして今日まで頑張り抜いた。

「そうやって考えたら、確かに俺の愛は肉親への依存から来てる。叔父貴がそれは違う、恋じゃないって言い続けたのが本当で。俺の好きは、子供の頃の欲求に、性欲が伴っただけなのかもしれない。両親から得られなかったものを叔父貴から貰って、それを他の誰かに取られたくなかっただけなのかもしれない」

しかし、それを改めて振り返ったとき、隆也はこれまで自分でも気づいていなかった事実を知ることになった。どうしてこれほどまでに一条が好きなのか、愛しているのか。それは、それだけ自分が両親からの愛に飢えていたからだ。

「――――だから、叔父貴に呼び方変えろって言われたときに、すごくショックだった。今になって気づくなんてって話だけど、俺は叔父貴とは叔父と甥でいたい。たとえ恋人になっても、なれなくても、この関係だけは壊したくないんだ。これを一番守りたいんだって気づいて…」

隆也は、恋に恋していたのかもしれないと思った。

もしかしたら、両親にちゃんと愛されていれば、一条のように思い留まった。たとえ過ちを犯したとしても、それが過ちだと認められたかもしれないと感じ始めていた。

しかし、そんな隆也を見て一条は笑った。

「なんだ、それで泣いてたのか。俺はただ、気分的に名前で呼び合うほうが、それっぽいかなって思っただけだったんだか…。あそこで泣かれたもんだから、逆に本当のことを言い出すタイミングが掴めなくなって…。ようやく腹を括ったのに、どうしていいのかわからなくなった」

隆也に対して、少し考えすぎだと、自分のこれまでを棚に上げて、軽やかに言ってのけた。

「いったいお前がどうしたいのか、俺とどうなりたいのか、本心が知りたいと思った。その場で聞いたところで、すぐに明確な答えも出そうにないって気がしたから、少し様子を見ようかと思って、長期休暇も覚悟したんだが…。でも、それでも記憶のことは言うべきだった。さっさと、あれは行きがかりでああなったって。俺が警察相手にふて腐れたから、検査になって、引っ込みがつかなくなって、おかしなことになったたって白状するべきだった。すまない。これは、本当に謝る。ごめん」

聞き間違えでなければ、一条はあの事故のときに、自分はもう気持ちを決めていた。そう言っているようだった。

「叔父貴…。でも、それって。結局は俺が暴走したからだろう？　痴漢騒ぎを起こした女に、俺がムキになってあんなこと言ったから——」

「それはそうだが、けど…言い方は乱暴だったが、嘘じゃない。あのときお前が言ったことは、事実だと思う。俺はお前と別れたくなかったから、追いかけた。お前を捕まえて、それでどうしたかったのかはわからないけど、ここまま離れたら二度と会えない気がして。お前に誤解されたまま、自分に一生嘘をつきながら、生きていくのかって気がして。だから俺は…」

隆也が疑い深く聞いていくが、あのとき言いきれなかった言葉にどんな思いが込められていたのか、改めて説明してくれた。

〝待て、隆也。俺はお前が好きだ‼〟

隆也は、思わず背筋を震わせた。

「ごめんな、隆也。俺の勝手で振り回して。十年もほったらかして」

喜びと不安が入り交じった目をした隆也に手を伸ばすと、一条は優しく髪を撫でてくれた。

「俺は、小さくて可愛いだけの存在だったお前が、いつの間にかドキリとさせるようになっていくのが照れくさい反面、怖かった。特に寮に入れてからは、月に何度も会えるわけじゃないから、余計にお前の成長が目について…。日増しに、これまでとは違う愛おしさを感じてきて」

幼い頃からそうしてくれたように、髪だけではなく、額やこめかみ、頬もそっと撫でてくれて、隆也は心身から安堵する。

「そのうちにいろいろ心配になってきたから、白石に頼み込んで、お前が絶対に変な目に遭わないように手を回してもらった。東都って変な学校だからよ。おかしな伝統がいっぱいあって、マドンナの命令は絶対なんだよ。特に白石はポケッとしてるけど、上にも下にも顔が利く。だから、一条隆也は自分の知り合いだからよろしくねって、後輩たちに笑顔で脅迫してもらったんだ」

しかもここにきて、この機会にすべてばらしてしまおうとでもいうのか、一条は隆也が唖然とするようなことまで打ち明けてきた。

「それに、お前が興味を持つのがいやだったから、黒河は紹介しなかった。逆に興味を持たれるのもいやだったから、友達になった奴らにもお前のことは話さなかった。全部、行きすぎた愛情だ。今思えば、ただの馬鹿だ」

一条にとって、笑い合っていた白石がどんな存在だったのか。そして、今でも平気で殴り合うような黒河がどんな存在だったのか。言われてみれば違和感がない。それは嘘だとも思えない。

「ただ、そうやって自分を騙《だま》し騙し過ごしていたから、結局箍《たが》が外れた。俺はあのとき、お前だから抱いた。誰でもよかったわけじゃないと思う。それなのに酒が抜けて冷静になったときに、自分のしたことが怖くなって――そのまま今日に至るだ」

隆也は、一条が真剣に愛してくれたから、それだけ自身とも激しく闘ってくれたのだと信じられた。自分よりも大人だったからこそ理性や常識とも闘い、悩み苦しみ、隆也にとっての幸せを常に追求し、そして兄夫婦からの遺言にも応えようとして、たった一人で長い間、迷宮をさまよっていたのだと。

「叔父貴…。それって、これからは俺たち本当に恋人ってこと？　叔父と甥はキープのままで、でも恋人ってこと？」

それでも隆也が駄目押しに聞いてしまったのは、どうしても手放すことができない関係のためだった。

「お前が望むなら。こんな俺でもいいなら。ただし、死んでも両親には会えないぞ。俺とお前は地獄だ。一緒に奈落の底だ」

一条は、望みどおりの答えをくれた。

「そんなの、生き地獄よりは全然いい。叔父貴と恋ができるなら、ずっと一緒にいられるなら、俺はそれだけでいいよ」

隆也は頬を撫でる一条の手をそっと摑んだ。

「隆也――」

もう二度と離さない。離したりしない。

隆也は一条の手をギュッと握りしめると、キスを強請《ねだ》った。

『叔父貴』

そして優しくキスをされると瞼を閉じて、その後は回復に向けて、いっときの眠《ねむ》りに就いた。

隆也が退院したのは、二週間後のことだった。

さすがに外科部のエース執刀、普段なら若手にさせる縫合まできっちりと黒河が手をかけたこともあり、隆也の傷はとても小さく目立たなくなっていた。このままいけば傷があることさえわからないのではないかというぐらい、一条の目から見ても黒河の手術は神業《かみわざ》だ。開腹の術例数だけなら黒河に負けない一条だが、やはり黒河は逸脱していると感心したほどだ。

ただし、「安心しろ。朝まで頑張っても傷は心配ない。予定より三日ほど長く入院させといたから、遠慮なくやっていいぞ」と笑顔で退院を見送ってくれたお節介さに関しては、感心を通り越して呆れた。そんなことのために余計な医療費と部屋代を払って入院していたのかと思うと、目頭も熱くなる。

とはいえ、正体不明になっていない一条が、隆也を抱くのはこれが初めてだった。

正直に言ってしまえば、今更な緊張があるにはあっただけに、黒河が投じてくれた一石は二人の気分をかなり和《なご》ませた。

「なんだ。いざとなったらずいぶんしおらしいな。新妻の誘惑はどこいった⁉　なんで湯上がりにパジャマなんか着てくるんだよ。どうせなら上一枚で来いよ。もしくは、こういうときこそ、ワイシャツに生足だろう。なんなら白衣でも貸してやるぞ」

それに、ここまで恥を晒したら、怖いものはない。半端に遠慮するぐらいなら、やりたいようにやるのが一条だ。ベッドで待つ言動からも、そのことが窺える。

「開き直りすぎだってっ。だいたいあれは、叔父貴が何も覚えてないって信じてたから頑張ったんで…。んな、改まってこうなったら、俺だって恥ずかしいに決まってるだろう」

これまでとは打って変わって、頬を赤らめながらベッドに上がってくる隆也が可愛い。入院中に襲わなかったのが嘘のようだ。

「へー」

「あっ」

素面で相手を待つときは全裸がマナーという一条に抱き寄せられて、隆也は胸がキュンとなった。これなら酔った一条相手のほうが、なんだか大胆になれる。それぐらい、いざやるぞとなった一条が発したフェロモンはハンパがない。一度は綺麗に剃られた髭ももとに戻って、ワイルドさも五割増しだ。普通に対面座位をしいるあたりは、お膝抱っこの延長だろうか？

「蒙古斑の形まで覚えてる相手に、何言ってんだよ」

「ひゃぁっ」

いや、単に好みの体位なのだろう。隆也はじたばたするうちに、パジャマの下だけを下着ごとはがされ、一条の膝の上に座らされた。両手で引き締まったヒップを摑まれた。

「っ、結局…、こだわりは尻なわけ？」

今更だが、一条は酔っぱらっていたから荒くてエロっぽいセックスをするわけではないらしい。キスが優しいと感じたのは、遠慮があったか、若干叔父心が入るからそうなるだけであって、それらがなくなったらキスの一つまで荒っぽい。

「ここも好きだけどな」

前から後ろから隆也の陰部をまさぐる手つきもいやらしくて、

「叔父貴――――酔っても酔わなくても、エロっ。やること変わらないっ」

隆也は込み上げる恥ずかしさから、今夜も一条の肩に顔を伏せた。一条にとっては、罪なぐらい愛おしい存在だ。

「毎日、女の股開いてる男に向かって、何を言ってるんだよ」

意地の悪い口調で、つい聞き捨てならないことも口にしてしまう。

「え⁉　それって患者さんにも欲情するってこと⁉」

隆也が慌てて顔を上げると、ニヤリと笑った一条と目が合った。ますます顔も身体も真っ赤になってしまって、これでは一条の思うままだ。

「するわけないだろう。あれは洞窟《どうくつ》の入り口だ。ライト持って、宝探しに行くところであって、欲望を突っ込みに行くところじゃない」

馬鹿なことを聞かされながら後孔に指を入れられる。

「ひゃんっ」

隆也は軽く身を捩った。中を的確に責められ、チクチクとした愛撫で胸の突起物を刺激されて、否応《いやおう》なしに悦びの声を上げた。

「あっっ――――っ」

そうして呆気《あつけ》なく一度目の絶頂へ追いやられる。

一条は隆也が放ったばかりの白濁を掬《すく》って秘所へ塗り込め、耳元で「いいか？」と確認を取っている。

「ん…。でも、叔父貴こそ俺でいいの？」

改めて聞かれると、少しだけ不安になった。

「他に誰がいるんだよ」

これが夢ではないことを笑って告げた一条は、挿入した指で隆也の内部をかき回し、徐々に二度目の絶頂へと導いていく。

「でも俺、本当に恋人でいたいけど、ずっと叔父貴の甥でもいたいんだよ。ずっと、ずっと側にいて、甥としても甘えたいんだよ。それでも、いいの？」

それでも悦びの中から込み上げる切ない気持ちは、完全に消すことができないようだった。

これから二人で分かち合うのは、愛や愉悦や快感だけではない。きっと死ぬまで消えることがないであろう、禁忌《きんき》を犯したことへの罪悪感もだ。

「ああ。それでいい。俺はお前のただ一人の肉親で、恋人で、一生涯のパートナーだ。そしてお前も俺の――――」

それでも離れていた時間を思えば、なんでもない。最愛の者が自分のものにはならない絶望に比べれば、胸を締めつける罪悪感など二人にとってはほどよいスパイスだ。

一条は、いったん隆也の身体をベッドへ仰向けにすると、抱きしめながら覆い被さってきた。

「ん…。俺も叔父貴の唯一の肉親で、恋人で、一生のパートナーだよ」

熱く漲る欲棒の先で陰部を探り、見つけ出すと一気に入り込んでくる。

「叔父貴っ」

ようやく心身から一つになれた実感、そして悦びに、隆也は一条の身体にしがみつくと、身体の奥まで彼自身を受け入れた。

「隆徳…兄ちゃん」

閉じた瞼の裏には、走馬灯のように二人で過ごした記憶が蘇る。

「隆也っ」

しかし、それでも隆也は一条に絶頂が近づくと、抱きしめる腕に力を込めて「隆徳」と呼んでみた。

「隆徳っ…っ」

生まれて初めて一条の名を呼び、共に愉悦の世界へと堕ちていった。

＊＊＊

顔を合わせるたびにニヤニヤしてからかってくる黒河から、一条が考えてもみなかったことを聞かされたのは数日後のことだった。

「は⁉　稲葉と隆也が異母兄弟だった⁉」

いったいどうしたらそんな話が出てくるのだろう。一条はたまたま一緒になったロッカールームで話を聞かされ、ただただ首を傾げた。

「ああ。いつか必要なときが来れば、自分で隆也に説明するって言ってたけどな。実は稲葉社長、隆也と血液型がぴったり合ったんで、そのことを隠居中の父親に話したらしいんだ。なんでも父親も同じ血液型だから、笑い話のつもりで。そしたら突然土下座されて、身に覚えがあると泣き出されたらしい」

するとどうやら主犯らしき男の存在が明らかになった。

「初めて隆也を見たときから、昔酔った勢いで迫り倒した〝初恋の相手〟に似てるなと思ってたって。女の旧姓しか覚えてなかったから、隆也の名字を聞いてもピンとはこなかったらしいんだが、なんにしたってよくある同窓会での過ちってやつだ」

これを聞かされた稲葉のショックは、計り知れないと思った。何せ、一条でさえ呆然とするしかない内容だ。これが稲葉の立場となったら――申し訳ないが一条は、自分が稲葉じゃなくてよかったと胸を撫で下ろした。

「もっとも、相手は貞淑な女性だったから、一方的に思いを遂げた分、いまだに申し訳なく思っているらしい。ただ、心配になって当時一度だけ、家まで様子を見に行ったんだと。そしたら、旦那や子供に愛されて幸せそうにしてたから、多少はホッとしたって話らしいが。あ、この子供ってお前のことな。隆也は腹の中だから」

ただ、ここまで聞いたところで一条は、もしかしたら兄は義姉からすべてを聞かされていたのかもしれないとも考えた。そして、生まれてくる子が自分たちの子供であることを信じたのではないか。特に義姉は、命がけで賭《か》けをした。それに気づいたから、兄は最後に自身の手でいかさまをした。自分が検査結果を偽ることで、妻や隆也を守った。が、そうまでしたのに、結果的には妻は癌で他界した。残された隆也を見ると、兄としてはいたたまれなかったのだろうと。

「――――で、それを聞いた稲葉が俺のところに来て、どうか内密でＤＮＡ検査をしてほしいって言うから、手を回してやったら、どっかーんだ。年末ジャンボも真っ青の大当たりだ」

実際のところはわからない。だが一条は、兄夫婦のことに関しては、そんなふうに思うことにした。そして兄同様、自分からは隆也には告げない。永遠に胸の中にしまっておこうと。

「今になって、三等親どころか二等親関係の発覚かよ。あいつ、近親相姦なんて絶対に許さないって豪語した分、しばらく立ち直れねぇだろうな」

「んーっ。チャンスがありながらも、結果的には思いを遂げられなかったことが幸いだったと、俺には言ってたけどな」

だからというわけではないが、稲葉も隆也には告げない気がした。その事実が隆也にとって、どうしても必要なときが来れば考えるだろうが、隆也には不要だと判断すれば一条同様、知った真実は墓場まで持って行くだろう。そうすることで、自分なりに隆也の幸せを死守するだろうと。

「複雑な幸せだな」

「個々の幸せの感じ方なんてそんなものさ。とはいえ、隆也は自分の血液型なのに、知らなかったのか？　まあ、病院に縁がなければ、意外に子供の頃に教えられたまま信じて、それっきりなんてこともあるが」

　こうしてみると一条は、血の繋がりとはなんだろうかと改めて思った。法律上で決められている血縁者の婚姻制限は、そもそも健康な子孫を残すことを前提で決められたものだ。

　だが、これだって昔からこうだったわけではない。国や時代背景によっては様々な違いがあって、必ずしも今とタブーが同じとは言えないのである。

「んー。どうなんだろうな。でも、たとえ知ってたとしても、隆也の血液型を自分と同じO型だって言ったのは兄貴だ。隆也にとっては、それが父子の証だよ。俺は、そう思う」

　しかも、これが結婚ではなく、もともとの親子や家族といった角度から見れば、まったく別な価値観になる。もし血を分けた赤ん坊が血液不適合で、生まれてすぐに交換輸血を行ったら我が子じゃないのかと言えば、そんなはずはない。

　ということは、やはり絆《きずな》は血ではなく、人と人とのかかわりがつくるものであって、特に家族は共に過ごした時間や互いを思いやる深さが育てていく関係なのだろう。

「それに、産みの親より育ての親じゃないけど。俺も今更あいつが甥じゃないって言われても、ピンとこないし。俺が惚れたのは、蒙古斑の形までしっかり覚えてるような、甥っ子だ。それ以外の事実はいらない。愛して愛された記憶以上に深い繋がりなんて、結局ないんだろうからさ」

　一条は、事実を知ったことで、いっそう隆也との絆が深まったように思えた。

「――――それもそうだな」

　これは黒河も同意見だったのだろう、笑って相づちを打った。

「おっと、今度はなんだ⁉」

そうこうしているうちに、外からはまた救急車のサイレンが響いてきた。

「本当、多いな。頑張れよ。俺は新妻のもとへ帰るからよ」

一条は黒河を激励するも、今日は他人事のようだ。心が完全に新妻にいってしまっている。

「待ってください、一条先生。駆け込みです。妊婦さんです。お願いしますっ」

しかし、それを阻んだのは救急病棟から駆けつけた浅香だった。

「は、またか⁉　なんなんだよ、まったく。だからちゃんと予約取って、検診行けっていうのに。母親教室をサボるならまだわかるが、最低でも検診だけは受けとけって。これも国が保険対応にしないから、悪いんだろうけどさ」

一条はぶつぶつと文句は言ったが、いやな顔一つせずにロッカー室から出て行った。

「なんか、ここへ来て救急患者の割合が変わりそうだな」

残された黒河は、完全に出鼻を挫《くじ》かれたという顔でぼやきに入る。

「――――はい。でも一条先生はああ言ってますけど、駆け込んでくるのは前の病院で担当してきた患者さんばっかりですよ。ようは、一条先生の追っかけ妊婦さんです」

だが、患者の実情を知る浅香は、ぼやくことさえできずにただ失笑だ。

「それって、結局またおかしな医者が増えたってことか」

「だと思います」

それでも、二人は顔を見合わせ噴き出し合うと、一条を追うようにロッカー室をあとにした。

廊下の窓からは、爽やかな新緑の木々が五月の風に揺らいでいた。

おしまい♡

# あとがき

こんにちは。このたびは本書をお手に取っていただきまして、誠にありがとうございました。このシリーズに関しては、いつも舞台やテーマで悩むのですが、今回も私ごときが書いていいものだろうかと真剣に悩みました。今更ですが、ＢＬの読者様は大半が大人の女性です。そして日向《ひゅうが》の本を読んでくださる方は比較的に年令が高くて、いろんな立場からこのシリーズを読み、また考えて感想をくださる方がとても多いのです。

ただ、私の周りにもいろいろな経験をした女友達がいて、またお手紙で体験を打ち明けてくださる読者様たちもいて、私なりに産科という科が持つ他科とは違うだろう様々な事柄を真剣に見つめて書いたのですが、それでも読んでくださった方がどんなふうに感じるのかな…と、今もすごく不安です。

実際、書いている間はここでは書ききれないぐらいいろんなことを考えて、従来の娯楽の範囲を超えない線を必死で探しながら、時には行き詰まって泣き暮れました。真剣に向かえば向かうほど、いろんな女性キャラと気持ちがリンクしてしまって…。こんなんで、萌えや元気を皆様に届けられるんだろうか…と。

それでもどうにか書き終えたのは、今回は本当に担当さんの励ましがあったからです。震災の影響もあって大変な中、

「女性読者が大半なだけに、今回はフィクションとはいえ痛い部分がかなりあると思います。ただ、これはこのシリーズだから、そしていろいろな経験をされてきた日向さんだから書き上げられる話だし、出せる話だと思うので、どうか頑張ってください。アップを楽しみに待ってますから」

こんなふうにかけてもらった言葉が、嬉しいと同時に重かったです。でもそれ以上に心強くて、ドクターシリーズを作ってよかった、書いてきてよかった、何より書かせてくださる方や環境と巡り合えて本当によかったと改めて感謝しました。しかも、どうにかこうにか書き上げたからこそいただくことのできるイラストの素晴らしいことったら、もうっっっ（泣）。

水貴《みずき》先生の世界観が美しすぎて、いつもこんな駄文でごめんなさいと両手を合わせてしまうのですが、それでもDrは水貴先生がいてくださったからこそ生まれたシリーズなので、今回もこうして形になって幸せです。感無量です。久しぶりにいろんなタイプの女性も書けたし、一条《いちじょう》と隆也《たかや》も愛おしいばかりの存在だし、ちらっとですが朱音《あかね》ちゃんも出せたし…（笑）。

# あとがき

今、あとがきを書けることにも、いつもとはまた違った幸せを感じております。水貴先生、担当様、この本に関わってくださったすべての方。そして手にしてくださった読者様――心からありがとうございます!!

なんだかんだと十冊超えしてしまったシリーズなだけに、この先どこまで出していただけるかはわかりませんが。またこのシリーズを書けたらいいな…と、今も切に願っております。

なんだかいつになく、長くなってしまいました。

ここまで読んでくださってありがとうございました。

また次の作品で、別のシリーズでもお会いできることを祈りつつ。

http://www.h2.dion.ne.jp/~yuki-h　日向唯稀《ゆき》♡

## CROSS NOVELS同時発刊好評発売中

閨房での心得を、お教えしましょう。
異国の王となるべく、施される甘く淫らな教育

# 愛しき支配者

## 秋山みち花

Illust 稲荷家房之介

「殿下、今宵も私をお求めですか？」

御曹司・理人の生活は、突然現れた貴公子マクシミリアンによって一変した。顔も知らぬ父王の後継にと望まれ、半ば監禁状態に。焦れた理人は、マクシミリアンを挑発する――性欲処理の相手が欲しい、と。だが彼は何故か微笑み、理人を押し倒した。性技に長けた男の手に理人は喘ぎ、達かされてしまう。一夜の過ちは甘い呪縛に変わり、理人を翻弄する。そして今夜もマクシミリアンの誘いを断れなくて……。

日本人青年と異国の貴公子が織り成すロイヤルロマンス。

## CROSSNOVELS好評配信中！

携帯電話でもクロスノベルスが読める。電子書籍好評配信中!!
いつでもどこでも、気軽にお楽しみください♪

QRコードで簡単アクセス！

### 艶帝 - キングオブマネーの憂鬱 -

**日向唯稀**

借金は身体で返す、
これがBLの王道だろ？

友人がヤクザからした借金を帳消しにしてもらう為、事務所を訪れた小鹿が間違えて直撃した相手は、極道も泣き伏す闇金融の頭取・鬼龍院!?　慌てる小鹿に、鬼龍院は一夜の契約を持ちかけてきた。一晩抱かれれば三千万――断る術のない小鹿は、鬼龍院に求められるまま抱かれる様子をカメラで撮られることに。経験のない無垢な身体を弄られ、男を悦ばせる為の奉仕を強要される小鹿。激しく貪られ啼かされながらも、なぜか小鹿は、鬼龍院を嫌いになれなくて。

illust 藤井咲耶

### Love Hazard - 白衣の哀願 -

**日向唯稀**

奈落の底まで乱れ堕ちろ

恋人を亡くして五年。外科医兼トリアージ講師として東都医大で働くことになった上杉薫は、偶然出会った極道・武田玄次に一目惚れをされ、夜の街で熱烈に口説かれた。年下は好みじゃないと反発するも、強引な口づけと荒々しい愛撫に堕ちてしまいそうになる上杉。そんな矢先、武田は他組の者との乱闘で重傷を負ってしまう。そして、助けてくれた上杉が医師と知るや態度を急変させた。過去に父親である先代組長を見殺しにされた武田は、大の医師嫌いで……!?

illust 水貴はすの

### Today - 白衣の渇愛 -【特別版】

**日向唯稀**

抱いても抱いてもまだ足りねぇ。

「お前が誰のものなのか、身体に教えてやる」
癌再発防止治療を受けながらも念願の研究職に復帰した白石は、親友で主治医でもある天才外科医・黒河との濃密な新婚生活を送っていた。だが、恋に仕事にと充実した日々は多忙を極め、些細なすれ違いが二人の間に小さな諍いを生むようになっていた。寂しさから泥酔した白石は、幼馴染みの西城に口説かれるままに一夜を共にしてしまう。取り返しのつかない裏切りを犯した白石に黒河は……!?

illust 水貴はすの

CROSS NOVELSをお買い上げいただき
ありがとうございます。
この本を読んだご意見・ご感想をお寄せください。
〒110-8625
東京都台東区東上野2-8-7　笠倉出版社
CROSS NOVELS 編集部
「日向唯稀先生」係／「水貴はすの先生」係

CROSS NOVELS

# Memory―白衣の激情―

著者
日向唯稀


2011年6月23日　初版発行　検印廃止

発行者　笠倉嗣仁
発行所　株式会社　笠倉出版社
〒110-8625　東京都台東区東上野2-8-7　笠倉ビル
[営業]TEL　03-3847-1155
FAX　03-3847-1154
[編集]TEL　03-5828-1234
FAX　03-5828-8666
http://www.kasakura.co.jp/
振替口座　00130-9-75686
印刷　株式会社　光邦
装丁　磯部亜希
ISBN　978-4-7730-8555-6
Printed in Japan